KB175469

교실의 시

교실의 시

— 그때 꿈꾸던 어른이 되었나요

김승일, 김행숙, 김현, 배수연, 서윤후, 서효인, 신철규,
신해욱, 오은, 유진목, 임솔아, 황인찬 시×산문집

2019년 4월 15일 초판 1쇄 발행
2021년 1월 25일 초판 3쇄 발행

펴낸이 한철희 | **펴낸곳** 돌베개 | **등록** 1979년 8월 25일 제406-2003-000018호
주소 (10881) 경기도 파주시 회동길 77-20 (문발동)
전화 (031) 955-5020 | **팩스** (031) 955-5050
홈페이지 www.dolbegae.co.kr | **전자우편** book@dolbegae.co.kr
블로그 blog.naver.com/imdol79 | **트위터** @dolbegae79 | **페이스북** /dolbegae

주간 김수한 | **편집** 김혜영
표지디자인 박연미 | **본문디자인** 이은정 · 이연경
마케팅 심찬식 · 고운성 · 조원형 | **제작 · 관리** 윤국중 · 이수민 | **인쇄 · 제본** 한영문화사

ISBN 978-89-7199-933-2 (03800)

책값은 뒤표지에 있습니다.

이 도서의 국립중앙도서관 출판예정도서목록(CIP)은
서지정보유통지원시스템 홈페이지(http://seoji.nl.go.kr)와
국가자료공동목록시스템(http://www.nl.go.kr/kolisnet)에서 이용하실 수 있습니다.
(CIP제어번호: CIP2019013127)

교실의 시

김승일 김행숙 김현 배수연 서윤후 서효인
신철규 신해욱 오은 유진목 임솔아 황인찬

시 × 산문집

그때
꿈꾸던 어른이
되었나요

돌베개

차례

1부

——

성장

교실 미수

황인찬

레코더

교탁 위에 리코더가 놓여 있다
불면 소리가 나는 물건이다

그 아이의 리코더를 불지 않았다
아무도 보지 않는데도 그랬다

보고 있었다

섬망도 망상도 없는 교실에서였다

—

『구관조 씻기기』, 민음사, 2012.

마음은 주거나 받는 것이 아니다. 마음은 결국 빼앗기는 데서 시작하는 것이다.

어린 시절의 마음이란 더욱 그렇다.

……교실의 맨 뒷자리에 앉으면 모두 검은 뒤통수들뿐이었고, 교실의 창을 통해 들어오는 흰빛이 교복에 닿으면 먼지들이 빛에 놀라 피어오른 것처럼만 보인다.

그리고 옷깃 위로 곧게 뻗어 있던 새하얀 목덜미가 하나.

그 흰빛이 갑자기 내 눈에 들어왔을 때,
아, 너무 하얗다, 그런 생각을 해버렸을 때,

나는 나를 빼앗겨버렸다.

*

나는 학창 시절의 내가 다소 자신 없고 소심한 아이였다고 생각한다. 그러나 부모님, 친구들, 그 시절을 기억하는 다른 이들은 내가 혼자서도 자주 들떠 있던 개구쟁이였다고 기억한다. 이 차이는 무엇일까.

지금까지 나는 이 사실을 모른 척해왔다. 아니 모른 척했다는 사실조차 얼마 전에야 깨달았다. 내가 개구쟁이였다거나 활발했다거나 하는 말을 듣더라도, 그저 나를 잘 모르는 이들이 하는 말이라 생각하며 흘려듣거나 금세 잊어버리곤 했다. 나는 나의 십대 시절이 비극적이거나 불행하지는 않았어도, 최소한 행복하거나 즐거운 것은 아니었다고 생각했다. 지금 생각해보면 나는 그때 내가 지독한 결핍에 시달리고 있다고 믿고 있었던 것 같다. 언제나 무엇인가가 부족하다고 느꼈던 것 같다. 그러니 아무리 웃어도 그것은 웃는 것이 아니었고, 혼자 들떴다가도 이내 가라앉아버렸던 것이 아닐까. 다른 이들이 생각하는 나와 자신이 생각하는 나 사이의 괴리는 바로 여기서 비롯된 것 아니었을까.

이렇게 내가 나의 십대 시절을 유추하듯이 말하는 것은, 이미 그 시절이 유추하지 않고서야 아무것도 생각할 수 없을 정도로 먼 일이 되어버렸기 때문이다. 시에서 그토록 자주 십대 시절을, 학교와 교실의 풍경을 그렸으면서도, 사실 내게 학교와 교실은 너무나 멀어서 좀처럼 손에 잡히지도, 떠오르지도 않는 것이다.

그러므로 나는 나의 기억을 날조한다.

*

「레코더」는 내 다른 시들처럼 교실을 배경으로 삼고 있다. 저녁의 교실, 누군가의 리코더가 교탁 위에 올려져 있고,

그것을 가만히 지켜보는 사람이 있다. 불지도 않고, 손대지도 않고, 그저 보고 있다. 마치 무엇인가를 생각하는 것처럼, 무엇인가를 생각하지 않으려는 것처럼. 이미 낮아진 저녁의 빛은 창을 통해 비스듬하게 들어오고 있고, 교실의 마룻바닥에는 옅은 붉은빛이 어른거릴 뿐이다. 거기에 섬망이나 망상은 없다. 그저 확고한 현실이, 사실 그게 현실씩이나 되는 것인지는 알 수 없으나 그럼에도 너무나 확고한 어떤 확고함이 교실을 무겁게 누르며 모든 것을 정지시켜놓는다. 누군가의 리코더를 만질 수 없다는 어떤 기록, 혹은 그것을 기억하는 사람이 그 정지된 풍경의 지극히 가까운 데에 있으면서도 동시에 그곳에 존재하지 않음으로써 그 풍경을 성립시키는 것, 그것이 내가 생각하는 「레코더」라는 시다.

그리고 그것은 나의 기억이 아니다.

시는 기억이나 경험을 쓰는 일이 아니다. 시는 기억이나 경험을 초과하거나, 좀처럼 거기에 미치지 못하는 것이다. 나는 경험으로 시를 쓰지 않는 편이다. 지금껏 써온 시들 가운데 경험을 옮겼다거나 어떤 경험이 주는 감상을 시로 옮겼다거나 하는 일은 거의 없으며, 간혹 경험에서 시가 출발될 때조차 다른 이들은 알아볼 수 없을 정도로 그 경험은 형해화될 따름이다. 나에게 시는 개인적 기억이나 경험보다는, 모두가 공유하고 있는 어떤 이미지들을 적극적으로 수용하고 활용한 것에 더 가깝다. 내 시에 자주 등장하는 공원의 예를 들어본다면, 나는 내가 직접 본 공원을 그대로 재현하는 방식보다는, 사람들이 공원이라고 말하면 떠올리는 공원의 이미지를 활용하는 방식을 선호한다. 그것이 오히려 공원을 더 잘 표현해낸다고 판단하기 때문이다. 교실도 마찬가지다. 나는 내가 겪은 교실의 풍경보다는 영화나 애니메이션, 만화 등에서 재현되는 교실의 이미지를 다시 재현하기를 선호한다. 그편이 다른 이들에게 교실을 더욱 쉽게 떠올리게 하기 때문이다. 사실을 털어놓자면, 오래된 일본 만화 등에서는 좋아하는 아이의 리코더를 몰래 불어본다거나, 그것을 욕망하며 바라보는 장면이 종종 나타나는데, 나는 저녁의 교실 풍경에 그 상황을 조금 비틀어 넣고 다시 그것을 시로 구성한 것이다.

나는 나의 기억을 날조하며, 나의 시는 그 날조된 기억으로 만들어진다. 나는 기억을 변형시키고, 대중문화에서 보여주는 익숙한 장면과 그것을 겹치고 뒤섞는다. 나의 대부분의 시가 그러한 방식으로 만들어졌다고 말할 수 있으리라.

*

……때로 나는 여기까지만 말한다. 누군가 시에 대해 물어볼 때, 그러니까 시의 영감은 어디서 얻는가, 아니면 당신

의 시는 어디에서 시작되는가, 그런 질문을 들었을 때, 나는 저런 식의 대답—나의 시는 내 경험이나 이야기가 아니며, 나는 그저 모두가 알고 있는 것을 재현하려 하고 있을 뿐이다, 라는 식의—을 하곤 하는 것이다.

하지만 그럴 리가 있을까. 나의 시가 나의 이야기가 아닐 수는 없다. 그런 식의 대답은 결국 조금은 새삼스러워하면서, 그리고 조금은 부끄러워하면서, 그게 중요한 부분은 아니니까, 라는 식으로 부러 한 발짝 멀어지면서, 조금은 무의식적인 방어기제로, 그렇게 변죽을 울린 것일 따름이다. 그러니 조금만 더 솔직하게 이야기해보자. 내가 어째서 교실이란 공간을 그토록 자주 재현하려 했을까 생각해보면, 결국 나는 그저 교실을, 그리고 교실에 교복을 입고 앉아 있던 나를 너무나 혐오했을 뿐이라는 생각에 도달해버리게 된다는 것을.

*

인간의 성장이란 참 이상하다. 그저 사랑받고 싶고, 기쁘고 싶고, 즐겁고 싶을 뿐이던 어린아이가, 어느 날 갑자기 호르몬이 작용하기 시작하면 점점 심각하고 우울하고 우스꽝스러운 인간이 되어버린다. 중학생 시절이란 그렇게 갑자기 성장하게 되어버린 웃기고 슬픈 나날들이다. (불행하게도) 두뇌가 발달해버리는 바람에, 내가 '나'라는 사실을 점차 깨달아가는 그 시절, 내가 '나'라서 자꾸 겪게 되는 그 무수한 시행착오들. 중학생 시절을 떠올리면 누구든 당장 땅속 깊숙이 머리를 박고 싶어지리라.

그 육체는 또 얼마나 불안한지. 갑자기 자라난 신체의 일부가 나머지 부분들과 조화를 이루지 못하여 비례가 망가지고, 어쩐지 엉거주춤한 자세로 주변을 두리번거릴 뿐인 것이 중학생이다. 붉게 여드름이 오른 얼굴, 혼자 길어져버린 팔, 그에 비해 여전히 좁고 작은 어깨와 가슴, 항상 긴장되어 있으며 공격적인 어조의 목소리 따위가 서로 무지막지한 불협화음을 일으키는 것이 중학생의 신체인 것이다. 게다가 중학교 졸업 앨범을 펼치면 그것이 나라고는 도저히 믿을 수 없을 정도로 못생겼으며, 형용할 수 없을 정도로 참혹한 모양의 안경을 쓰고 있는 얼굴을 확인할 수가 있다.

나에게 중학생 시절이란 처음으로 내가 이렇게나 추악하게 생겼다는 사실을 자각하며, 끊임없이 나를 증오하게 되는 시간이었고, 비대해진 자의식으로 인해, 자신의 내면이 이토록이나 기괴한 모습을 이루어버렸음을 의식하지 못하는 시간이었으며, 스스로가 무엇을 욕망하는지도 모르는 채로, 욕망의 낙차가 만들어내는 괴로움에 시달려야만 하는 시간이었다.

그 모든 미숙함과 흉함과 어리석음의 시간들.

그리하여 중학생은 점차 인간이 되어가는 것이겠지. 자신이 이토록이나 흉하고 사악하다는 사실을 깨달으면서, '나'라는 것을 폭발시키며. 그렇기에 '나'에게는 그 중학생이었던 '나'를 진심으로는 좋아한다고, 괜찮다고 말하기 어려워지는 시기가 있을 수밖에 없는 것이다. 어쩌면 나의 이십대는 나의 십대를 그렇게 미워하고 어려워하던 시기였을 수도 있겠다.

*

십대 시절의 나는 항상 다른 이들을 질투했다. 다른 이들을 멀리서 바라보며 질투하거나, 몰래 좋아하거나, 혹은 그 두 가지를 동시에 해오곤 했다. 나의 십대 시절에는 기억할 만한 장면이나 사건이 거의 남아 있지 않으며, 그렇기에 내게 십대 시절의 기억 역시 거의 남아 있지 않다. 남아 있는 기억이란 누군가를 좋아했거나 미워했던 정념에 대한 기억뿐으로, 그 고통이나 기쁨이 어디에 연유한 것이었는지도 기억하지 못하는 채로 강렬한 정념으로서의 고통과 기쁨만이 남아 있는 셈이다.

내가 교실의 이미지를, 학생 시절의 기억을 그토록 시에 자주 그려냈던 것은 그러한 정념을 어떤 식으로든 해소하고자 한 것일 수도 있다. 혹은 나에게 남아 있지 않은 교실의 기억을 어떤 식으로든 벌충하고자 한 것일 수도 있다. 내가 부러 글의 서두에서 '날조'라는 말을 꺼낸 것도 이러한 맥락과 관련이 있다. 나는 내가 갖지 못한 것을 이처럼 훔쳐오고는 했던 것이다.

「레코더」라는 시에 대해서도 다시 말해볼 수 있으리라. 나는 그저 두려웠을 뿐이다. 타인을 사랑하는 일을 두려워하고, 타인과 부딪히는 일을 두려워했으며, 그렇기에 타인을 멀리서 바라보는 것만이 전부였고, 그러한 자신을 바라보는 일이 너무 두려워 다시 타인의 시선을 빌려야만 했다. 교실에 아무도 없는 것도, 교실에 있는 것이 누군가의 물건이었던 것도, 그 누군가의 물건조차 함부로 손대지 못했던 것도, 그것을 멀리서 바라보는 듯한 시선으로 다시 재구성한 것도 결과적으로 두려움 때문인 것이다. 이 글을 쓰면서도 두려움이란 말이 과연 정확한 표현일까 고민하고 있지만, 나로서는 아무리 생각해도 그보다 가까운 말을 떠올릴 수가 없다. 그것이 그 시를 설명하는 말이 될 수는 없겠지만, 그 시를 쓴 나를 설명하는 말로는 충분할 것이다.

누군가에 대해 감당할 수 없을 정도로 큰 마음을 갖게 되었을 때, 나는 그를 욕망하지 않는다. 나는 그저 그를 바라보기만을 욕망한다. 그것이 학창 시절부터 서서히 만들어진 내 욕망의 메커니즘이고, 교실에서의 수많은 실패와 좌절된 마음이 만들어낸 왜곡된 내 사랑의 방식이다. 누군가에게 고백을 한 순간 찾아오는 그 아찔한 후회의 마음,

누군가와의 사랑이 끝나고 찾아오는 우스꽝스러운 자기연민의 시간, 그 모든 것을 돌이킬 수 없다는 데서 찾아오는 당혹스러움. 어린 날의 내 마음을 가득 채웠던 그것들이 이제는 나를 뒤틀리고 일그러진 사람으로 만들어버렸다.

*

이처럼 엄살을 자꾸 떠는 것도, 그것이 엄살임을 알면서도 자꾸 말하고 싶어 하는 것도, 그리고 그것을 학창 시절 탓으로 돌리려는 것도 나의 뒤틀린 부분이겠지. 사실 적지 않게 나이를 먹어놓고 자꾸 십대 시절 타령을 하는 것도, 그것도 모자라 십대 시절 때문에 내가 뒤틀린 사람이 되었다고 하는 것도 참 부끄러운 일이다.

그러나 분명 그렇게 생각하던 시절의 내가 있었다는 것 역시 부정할 수는 없는 일이다. 그렇기에 삼십대가 되어버린 나는 모든 것을 털어놓기로 했다. 그러는 편이 조금 더 낫다고 생각했다. 훌륭하고 멋진 사람이 될 수 없다면 최소한 그냥 솔직한 사람이라도 되어야겠다고 생각한 것이다.

다만 나는 누군가를 홀로 좋아하고 스스로 먼저 상처받기를 반복할 뿐이었던, 세상에 불만이 많았고 내가 가장 특별한 사람이 되어야 한다고 믿었던, 그러나 사실은 그저 자신이 싫을 뿐이었던, 그냥 흔한 중학생이었다. 나는 그때 항상 화려하고 촌스럽고 이상한 옷을 골라 입었고, 누군가 나를 보고 비웃으면 또 상처를 받았고, 누군가 나를 보고 비웃지 않는다 하더라도 누구든 나를 멸시한다고 생각했고, 그럼에도 누군가 나를 보기를 바라면서, 혼자 거리를 쏘다니는 아이였다.

일전에 친구가 내게 중학생 때 십자가 귀걸이 같은 걸하고 다니지 않았느냐 물어, 친구의 기억이 잘못되었음을 지적해준 적이 있다. 귀걸이를 한 적은 없지만, 아마 친구의 눈에는 내가 그 정도로 이것저것 꾸미고 다녔던 애로보였던 모양이다(친구는 내가 옷을 야하게 입고 다니지 않았느냐는 이야기도 했는데, 그때는 정말 정색하며 약간 화를 냈다. 하지만 아마 친구의 말이 맞을 것이다). 아무튼 이런 일화를 생각해보면, 어쩌면 어린 시절의 내가 마냥 무기질의 나날들을 보낸 것만은 아니었던 것 같기도 하다.

그런데도 나는 나의 청소년 시절을 무기질이며 무채색의 것이라 생각하고 있다. 앞서 말했듯, 나 자신이 결핍에 시달리고 있다고 믿고 있었기에, 나 자신의 삶이 내게는 전혀 다른 것으로 받아들여지고 있었던 것이다.

*

어린 시절의 나는 항상 누군가에게 마음을 빼앗기고 나를 빼앗겼으며, 그런 시절을 돌이켜보면 어쩐지 '나'라는 것이 상당히 희박했다는 생각이 든다. 그러나 사실 누군가에게 빠져버린다는 것은, 그리고 누군가에게 자신을 빼앗긴다는 것은 자신의 거대한 자의식에 자신이 짓눌려 있다는 말과 다름없지 않은가. 그러니 결국 나는 사춘기 시절의 거대한 자의식에 짓눌려, 주변도 제대로 둘러보지 못하고, 그저 자극에 반응할 뿐인 슬픈 몸뚱이였을 뿐이라는 말이 된다. 물론 이러한 진단에 큰 의미가 있는 것은 아니다. 이런 식의 자의식 운운이야, 사춘기를 보낸 모든 사람들이 할 수 있는 말일 테니 말이다. 결과적으로 이러한 자기진단이 알려주는 것은 내가 여전히 학창 시절의 나에게 사로잡혀 있으며, 그로부터 벗어나고 싶어서 어떻게든 거리를 두려고 애를 쓰고 있다는 사실에 불과하다. 그러나 나는 아직도 그 까닭을 알지 못한다.

*

내가 지내던 교실이 기억나지 않는다.

내가 좋아하던 아이의 얼굴이 기억나지 않는다.

그 아이의 이름도 기억나지 않는다.

그 아이의 어떤 점을 보고 그 아이에게 빠져들었는지 나는 알지 못한다.

그 시절 내가 느끼고 생각했던 것이 거의 기억나지 않는다.

그렇기에 나는 그 시절에 대해 자꾸 유추하고 생각한다. 그럴 이유가 없는데도, 무슨 빚이 남아 있기라도 한 것처럼, 그렇게 한다. 그 까닭이 무엇인지 나로서는 알 수 없다. 떠올릴 수 없다.

앞서 최대한 솔직하게 말하고자 한다고 한 것은 진심이지만, 나로서는 솔직하게 말하는 일조차 너무나 버겁다. 사실대로 털어놓고 싶어도 내게는 사실이 없기 때문이다. 그러므로 교실에 대한 내 생각은 언제나 미수에 그친다. 내게 없는 기억을 벌충하려는 수많은 날조 시도 역시 미수에 그친다. 이 글도 그렇다. 우리의 성장이 그런 것처럼. 우리의 사랑이, 삶이 그런 것처럼.

아직, 비둘기신가요

배수연

홀로그램 비둘기

너는 비둘기 포비아가 있지
비 오는 날 하수구 옆에서 불어 가던 거대 와플
나는 까만 국물을 흘리며 풀어지는 와플을 쪼아
먹었어

S,
그래도 내겐 아름다운 목덜미가 있는걸
너의 베개 한편에 비둘기 둥지를 지어 줄게
네가 자는 모습을 바라봐도 될까?

오늘의 부리는 조금 신경질적이야
오늘의 콘크리트는 조금 더 퉁명스러워
식구들의 부리는 닳고 닳아 콧구멍 앞까지 왔네

S,
혼자 밥을 먹는 점심시간도
공을 받아 줄 사람이 없는 체육 시간도
끔찍하게 끔찍해서

마스크를 썼지만
모두 내 부리를 알아챈 걸까
부리 대신 한 번만 아름다운 목덜미를 봐 주었으면

너는 비둘기를 싫어하지만
우리 엄마는 어제도 빌딩의 배관에 새끼를 깠어
회녹색 깃에 낀 검은 기름때는
도시의 가난처럼 지울 수 없는 거래

S,
너의 베개 한편에 둥지를 허락한다면—

나는 너의 꿈에
내 목덜미의 홀로그램을 흘려 줄게
비루함과 반짝거림이
자주와 청록의 오로라로 휘어지는 홀로그램 극장

백야의 호수 위를 지나는 구름의 몽상과
도시를 떠나 숲으로 잦아드는 새 떼의 이야기를
상영할게

잠이 깨면

배
수
연

등굣길 정류장에서
내 손을 잡아 줘

판타스틱 홀로그램 오로라 극장
너는 내 목덜미를 끌어안고서야
아침의 첫 숨을 뱉을 거야
그 숨은 내 작은 귓구멍 위에서 흘러넘쳐
우리의 발등을 적실 거야

—

『처음엔 삐딱하게』, 창비교육, 2015.

학교. 미간에 주름을 잔뜩 잡은 채 세상에서 가장 기-다란 핀셋으로 모서리만 집어 올려보는 단어. 대롱거리는 큐브를 멀찍이서 살핌에도 눈에 현미경이라도 달린 듯 교실의 낱낱이 선명하게 눈알에 짝 달라붙고 만다.

"선생님, 어제 저녁에 우리 학교 앞에서 드라마 촬영하는 거 보셨어요?"

"아니. 늘 부리나케 여길 떠나는데."

"에? 왜요?"

"글쎄, 왜일까?"

부끄럽지만, 학교가 나를 뱉어내는 게 아닐까. 너는 죄인이야. 너는 제자를 저주하는 시를 썼어. 나는 수박씨처럼 포물선을 그리며 학교가 종일 발라놓은 침을 바싹 말린다. 네, 여기 운동장, 교실, 학생과 교사가 있습니다. 100년 전과 비슷하죠? 들여다보세요. 복도와 교실을 지나 교무실을 향해 배수연이라는 사람이 지나가네요. 미세하게, 불안해하고 있습니다. 교무실에 앉아 노트북을 여네요. "바람 없는 날의 나뭇잎은 정말 움직이지 않는 걸까?"라고 쓰고 있습니다.

중학교 미술 교사로 사는 하루의 여덟 시간. 나는 주 5일 여기에서 울적하고 여기에서 불안하다. 울적함이라면 이해할 수 있다. 많은 생계형 직장인들이 그러하니까. 불안함에 대해서는 궁금하다. 질병일까? 학교에 있으면 뭐라 설명할 수 없는 불안함에 마음이 초조하다. 다른 선생님들도 그럴까? 몇 번이나 묻고 싶었다. 매일 교문 앞에서 등교 지도를 하는 교감선생님과 생활지도부 선생님에게, 교무실에서 수업 준비를 하고 믹스커피를 타 마시는 담임 선생님들에게. 선생님, 정말 아무렇지 않으세요? 선생님, 어떻게 잔을 들고 유유히 복도를 걸을 수 있으신가요? 선생님, 어떻게 뜨거운 커피를 홀짝홀짝 나눠 마시고, 팔짱을 낀 채 아이들 사이를 거닐 수 있으신가요? 어떻게 이건 잘했고, 이건 잘못했다고, 그렇게 선명하게 말할 수 있으신가요? 선생님, 무섭지 않으세요? 종이 칠까 봐요. 종이 치면 파블로프의 개처럼 일어나야 하니까요. 종이 치면 밥을 먹고, 종이 치면 책을 펴고, 종이 치면 마이크를 잡고 목소리를 끌어다 집어던져야 하니까요.

질병에 가깝다는 확신이 생겼을 때는 휴직을 했다. 진단을 받은 적은 없지만 사람이 많은 곳에 있으면 심장이 새벽에 철문을 내려치는 굵은 손처럼 쾅쾅거리곤 했다. 대학원을 핑계 삼아 1년 반 정도 일을 쉬고 공부를 했다. 지금은 복도에서 가슴을 펴고 걸을 수는 있지만, 여전히 아침에 커피를 타 마시지는 못한다. '어떤' 여유가 없다. 바쁜 일이 없어도, 떠다니는 먼지를 잡아야 하는 사람처럼 늘 마음이 부산하다. 두렵다. 금방이라도 무슨 일이 생길 것만 같다. 무슨 일? 무슨 일이라는 건 뭘까. 아무 일도 없다면 이상한 곳 중 하나가 학교인데, 나는 학교에 있으면서 무슨 일도 없길 바라는 바보인가?

육아 베스트셀러 코너에 늘어선 하늘색 책의 표지에는 동그랗고 큰 눈의 까까머리 아기가 "엄마, 나는 자라고 있어요"라고 말하고 있다. 맞아, 그렇지. 아기는 변하고 있다. 무서울 만큼 빠르게. 부모는 그것을 먼저 이해해야 한다. 아기가 악을 쓰며 울고 짜증을 부릴 때에도 어떤 도약이 있다는 것. 학교에선 도대체 무슨 일이 일어나는가? 분명 매 시간 어떤 일이 벌어지고 있다. 천 명 남짓의 인간이 자라는 일. 엄청난 에너지로 변화하는 일, 일종의 흥분된 성장기를 지나는 일. 책을 읽을 때에도, 혼이 날 때에도 중학생들은 자라고 있다. 아이들이 성장하는 속도를 상상해본다. 그러니까 아이들은 언제나 정적인 순간에도 동시에 활동적이어서, 마치 비행기 좌석에 태연히 앉아 로스트비프를 찍어 먹으며 "보시죠, 나는 먹고 있는 동시에 이만큼 이동하고 있습니다. 나의 장소는 변하고 있어요"라고 말하는 셈이다.

30대 중반이 된 나는 어떤가? 성장이 멈췄음은 물론 아이들과 반대의 힘과 방향으로 변하고 있다. 올해의 흰머리를 모으면 바비 인형 가발 정도는 만들 수 있을 것이다. 기내식은 자주 못 먹지만 걸으면서 빵을 뜯어 먹는 일은 종종 있다. 그럴 때면 약간은 상기된 상태가 된다. 무언가 두 가지 이상의 일을 동시에 할 때는 유쾌하건 불쾌하건 어느 정도 마음이 들뜨기 마련이다. 아이들은 기본적으로 들떠 있고, 차분할 때조차 흥분 상태에 있는 것 같다. 나는 그 에 너지가 버겁다. 그 에너지가 꿈틀꿈틀 자라나 감히 통제할 수도, 가늠할 수도 없는 괴물이 되어 나를 파괴할까 봐, 짓 밟고 망가뜨릴까 봐, 두렵다. 과대망상증 환자인 걸까. 아 이들은 자라고, 나는 불안하다.

해가 바뀌고 새 학년을 만날 때마다 무의식적으로 그 들 속에 20년 전의 나와 꼭 닮은 아이가 있는지 찾게 된다. 사춘기의 나, 중학생 시절의 나는 어땠나. 그때의 배수연 에게 묻고 싶다.

너, 괜찮아?
지금의 나, 마음에 들어?

3월의 비둘기

그러고 보니 나도 꽤나 들떠 있는 아이였다. 나는 화장실 에 앉아 만화책 보는 것을 좋아했다. 언젠가 엄마가 무슨 얘기를 듣고 왔는지 아주 잠시 "일본 만화는 보지 마"라고 한 적이 있었는데, 그때부터였던 것 같다. 하루는 변기에 앉아 『나나』 같은 만화를 보면서 과자를 먹었다. 귀에는 이

어폰을 꽂고 있었는데 아마 너바나였을 것이다. 그러다 용변이 마려워 힘을 주게 됐고 순간, 생각했다. '대단해! 책을 읽고 음악을 듣고 과자를 먹으면서 똥과 오줌을 누고 있다니! 인간이 할 수 있는 최대치 아냐?' 이 생각을 하니 웃음이 터져 거기에 '킥킥 웃기'가 추가되었다.

나는 소심했지만 흥분을 잘했고, 주목받고 싶어 했지만 막상 칭찬을 받으면 부끄럽고 어찌 반응해야 할지 몰라 되레 기분이 안 좋아지는 아이였다(중1 때 한 아이는 "넌 칭찬 받으면 안 좋아하더라?"라고 했다). 촌스러웠지만 조숙했고 무척 세련되고 싶었지만 돈이 들거나 튀는 일은 못 하는 모범생이었다. 일기장에 "나도 ○○○처럼 인기가 많았으면", "나를 좋아하는 친구가 많았으면"과 같은 문장을 썼다. 그러나 촌스럽고 조숙하고 칭찬을 받으면 얼굴이 일그러지는 소심한 모범생에게 그럴 일은 없었다.

나는 중학교 내내 마음을 나눌 친구를 사귀지 못했다. 1학년 땐 같이 밥을 먹거나 체육시간에 실내화를 갈아 신을 때 옆에서 기다려주는 친구가 있었지만, 그 아이들이 나를 좋아한다는 느낌, 그들이 자신들의 무리에 나를 받아들였다는 느낌을 받지 못했다. 해가 바뀌자 복도에서 만나도 인사도 하지 않는 어색한 사이가 되었다. 3학년 때는 그런 친구조차 뜸해 혼자 화장실에 갔고, 쉬는 시간이면 혼자 오도카니 앉아 있게 되었다. 다행히 같은 초등학교에서 올라온 세 명의 (소중한) 친구가 있어서, 집에 갈 때나 소풍을 갈 때는 이들과 어울릴 수 있었다(2학년 때는 운이 좋아 이 중 한 명과 같은 반이 되어 외톨이를 면했다).

반에 친구가 없다는 사실보다 더 문제였던 것은, 혼자라는 사실이 스스로 무척 부끄러웠다는 사실이다. 이 두 가지는 어느 정도 별개인데, 친구가 없더라도 특별히 누가 괴롭히지만 않는다면 별나게 외롭지도, 괴롭지도 않은 아이들도 제법 있기 때문이다. 그러나 나는 그런 면에서도 유난히 촌스러웠으므로, 혼자 있는 모습이 쉬는 시간 내내 전시되고 있다는 사실, 그것이 퍽 부끄럽고 괴로웠다. 태연한 척하기 위해 책을 읽거나 편지를 썼고 뭘 만들기도 했다. 이런 내가 학교생활 내내 가장 싫어했던 달은 바로 3월이었다. 관계의 새 판을 짜는 달. 어느 무리에 어떤 포지션으로 들어갈 것인가를 계산하고 실행해야 하는 달. 혼자가 되지 않기 위해 필사적으로 구성원의 캐릭터를 분석하고 그들의 호감을 얻기 위해 노력해야 하는 달. 나는 비둘기처럼 목을 쭉 빼고 내가 가진 반짝이는 것을 보여주고는 금세 움츠러들었다.

청소년 시선을 기획한 한 선생님의 권유로 몇 해 전부터 청소년 시를 쓰기 시작했다.「홀로그램 비둘기」도 그중 하나이다. 배수연 선생님, 십대의 마음으로 돌아가서, 십대의 열망과 십대의 절망과 십대의 설렘을 담은 시를 한

번 써보세요! 음, 최면술사에게 한번 가볼까. 내가 최면에 걸려 중학생이 된다면, 무슨 말을 할까.

저기요, 저는 3월의 교실에 영원히 갇혀 있어요. 어제도 3월이고 내일도 3월이에요. 여기서 좀 꺼내주세요, 네? 저기 그 아이들이 와 있어요. 열한 살 때, 점심마다 나와 같이 반찬을 나눠 먹고는 집에 갈 때 뒤에서 킥킥대며 돌을 던졌던 아이들이요. 나는 바보같이 울면서, 화내지도 못하고 날아가지도 못하고 끄덕끄덕 모가지를 흔들면서 집에 가요. 그러고는 절대로 말하지 않아요. 엄마에게도 선생님에게도 하느님에게도. 부리를 꽉 다물어요. 그래서 또 와 있어요. 스물여섯 살 때 함께 임용고시 공부를 했던 P, 단짝처럼 붙어다니며 나에게 기도하는 법과 운동하는 법을 알려준 P. 그는 비둘기포비아가 있었어요. P가 그랬어요. "어떤 사람은 그런다? 야, 안 죽어~ 비둘기 좀 온다고 안 죽어. 그런 사람이 제일 싫어." P도 심술이 났던 날 내 뒤에서 돌을 발로 차 던졌어요. 돌은 나를 비껴 휙휙 날아가요. 한 번은 왼쪽, 한 번은 오른쪽. 푸드덕푸드덕. 아무 말도 못해요. 그래서요, 여기서, 좀…….

배수연 씨, 괜찮습니까?
지금의 당신이 마음에 드나요?

아직, 비둘기신가요?

불안과 품위

어째서일까? 교실에서 왜 그렇게 친구를 만들고 싶어 했을까? 혼자 있는 순간을 왜 그토록 부끄러워했을까? 바보같이……. 그때의 나를 만난다면 알려줄 텐데. 반 아이들을 직장 동료로 대하는 법. 야, 있잖아, 어른이 된 나는 직장에서 혼자 밥을 먹고 싶어서, 혼자 양치를 하고 싶어서, 혼자 집에 가고 싶어서 늘 궁리하고 있어. 혼자 점심을 먹으려고 급식을 안 먹고 교무실 책상에서 먹어. 냄새나는 걸 싸 가면 휴게실에서 도시락파 선생님들과 같이 먹어야 하니까, 샐러드에도 드레싱을 절대 뿌리지 않는다고. 아, 그러십니까? 응, 그렇다니까! 고등학교만 졸업해봐, 교실 생활은 안녕이야. 혼자 카페에서 책을 읽고, 혼자 이어폰을 끼고 조깅하는 게 성숙한 인간의 쿨하고 세련된 모습이라고. 친구? 물론 있지. 나랑 잘 맞는 친구. 내가 좋아하고 나를 좋아하는 친구. 너도 있잖아. 앞으로 더 생길 거야. 그 친구들만 만나면 돼. 불금과 주말을 함께 할 친구들. 함께 영화를 보고 식사를 하지. 너의 고민도 털어놓고 슬픔과 기쁨을 나누는 진짜 친구들 말이야. 곧 그렇게 돼. 교실이나 종소리와는 안녕이라니까? 뭐, 네가 교사만 하지 않는다면, 교사만…….

하…… 있지, 사실 얼마 전에 내가 교무실 냉장고에서 부스럭 꺼내는 봉지를 보고 한 선생님이 말씀하시는 거야. "삶은 달걀과 샌드위치라……! 살 안 찌는 것만 드시는군요!" "아아, 네, 아침을 많이 먹고 와서요. 하하." 사실, 아침에 겨우 주스 한 잔 먹었어. 더구나 봉지 안에 든 건 달걀과 샌드위치가 아니라 키위 두 개랑 검은 점이 잔뜩 생긴 바나나 두 개였어. 근데 나는 왜 "헛, 샘! 이거 키위랑 바나나예요~ 비슷하게 보이긴 하죠? 하하!"라고 말하지 못했을까? 왜 엉뚱한 거짓말까지 하고 내가 먹는 것이 달걀이 아니라 키위라는 게 들통날까 봐 제대로 먹지도 못하고 눈치를 봤을까? 그러게요. 오십대의 배수연에게 물어보세요. 가능하다면 말이죠.

불가능하다. 십대의 나나 오십대의 나와 대화하는 건. 대신 나는 알라딘에서 『하느님, 도와주세요! 불안해서 죽겠어요—매 순간 마주하는 스트레스에 대처하기』라는 신간을 살펴보고 장바구니에 넣어둔다. 과연 주문할지, 막판에 결국 빼게 될지, 아직 모른다. 그리고 여전히, 무의식적으로 천 명의 아이들 중 혹시 나를 닮은 아이가 있는지 살펴본다. 만날지 안 만날지, 내 얘기를 듣기 원할지 원하지 않을지, 아직 모른다. 그래도 해본다. 뭘?

나의 불안에 품위를 부여해보는 일. 불안에 먹히지 않고, 불안을 회피하지 않는 일. 내가 가진 고통이 부끄러워 스스로를 은폐하지도, 다른 사람의 고통을 함부로 대하지도 않는 일. 잘 불안해하고, 잘 고통스러워하는 일. 이렇게 글을 쓰기 위해, 용기를 내는 일. 그래야지. 그렇게 할게. 그것이 더 이상 몸이 자라지 않는 사람 안에서도 일어날 수 있는 성장이라면.

그래서 너는 무엇이 되었니

서윤후

나의 연못

1.
우리는 아직 아무도 데리러 오지 않은 동생

2.
고요한 교실
투명한 햇빛에 흩날리는 먼지 바라보다
철제 필통을 떨어트렸다

모두가 나를 쳐다보았고
나는 귀가 빨개졌다

간밤에 깎은 연필들이 부러졌다
아무것도 적을 수 없는 흰 종이 앞
화분에서 길 잃은 꽃말처럼
나는 나의 이름을 외웠다

3.
내가 자주 가는 연못엔

아무도 오지 않았다

물방개 튀어 오르고 발을 담가도 혼나지 않을 깊
이, 연못을 잊은 사람들은 오랜 잠수 시합을 하고 있
거나 저수지에 갔을까 바다가 되기엔 담가야 할 발목
들이 부족한 이곳은

내가 자주 오던 연못이었다

4.
눈에 흰 천을 두르고 숨바꼭질을 했다
아이들이 손뼉 치며 여기야, 아니 저쪽이야
귓속말이 내게 바람처럼 불어왔다

손으로 만질 수 있었다 술래가 바뀔 차례인데 방
안엔 아무도 없었다 문은 언제나 열려 있었다
다만 아무도 들어오지 않았을 뿐

5.
손을 갖다 대면 온도계는 아주 조금 움직였다
아직 나에게 남은 에너지

집에 가는 길엔 모르는 여자아이의 손을 잡았다
빨개진 귀는 누가 물들이는 걸까 두 뺨 붉게 달아오르
는 나란한 거리에서 발생된 체온

6.
나는 어느 누구의 모든 동생처럼
책상 밑에 숨는, 아직은 작고 연약해서
이불이 너무 커 밤새 이불 밖으로 나오지 못했다
창문 밖에 나를 데리러 올 사람이 있어
연못처럼 조용한 성격에
내일의 연필을 깎아 줄 수 있는 솜씨를 지닌
아무도 없는 방에서 손뼉 치고
여기야, 바로 여기에 있어
숨은 적 없이 숨어 있게 된 방 안
죽은 손목시계는 멋으로 차고
고장 난 태엽을 돌리며 나는 오랫동안
나를 맴돌았다

7.
초인종 누르지 않고도 찾아드는 은인들에게

연못이 바다보다 더 어려운 둘레라는 것을

설명하지 못하고 굳어 갈 때

풀이 죽은 동생이
죽은 따옴표로 흰 접시를 채웠다
밥을 먹을수록 말수가 사라지는 동생
이 병신아
소리 없이 우는 건 누가 알려 줬냐고

멱살을 흔들던 그림자가
연못 속으로 뛰어들었다 아무것도
입지도 벗지도 않은 채 낱낱이

나의 연못에 온 첫 손님이었다

―

『어느 누구의 모든 동생』, 민음사, 2016.

서
윤
후

1.

어쩌면 나는 지나온 시간의 실타래를 뽑아다가 자수를 놓고 있는 것은 아닐까. 그렇게 슬픔을 간직하고 내밀어보는 것이다. 결코 수정될 수 없는 지난 이야기를, 너무 멀리 떠나온 나로 하여금 미래의 누군가 혹은 지금 옆에 있는 이들에게 중계하는 것. 그리하여 누군가는 어두운 것을 꺼내어놓을 수도 있고 아픈 것을 덮어둘 수도 있을 것이다. 다시 말해, 시는 내게 그런 시간을 선사했다는 뜻이기도 하다. 뾰족한 바늘 하나를 키우는 심정으로 쓸 때, 뾰족할수록 더 많은 내밀함을 뚫고 나갈 수 있다는 희망만이 남게 되었다. 바늘귀에 살아온 날들을 묶는다.

기억으로 거처를 옮긴 어릴 때의 몇몇 장면들은 이제야 이해가 가기도 한다. 어릴 때 아버지의 용모 검사를 두려워했던 나는 왜 손톱을 물어뜯는 버릇이 있었을까. 꿈에서 나를 장롱 속으로 밀어넣던 폭력적인 장면은 어디에서 기어나온 것일까. 애착하는 것들과 끝끝내 용서할 수 없는 것들의 목록은 왜 양면 색종이처럼 가까운 걸까. 프로이트의 책을 옆구리에 끼고서 집으로 돌아오던 대학생 시절을 돌이켜보면 절반은 이해했고 반절은 이해할 수 없었다. 너무 투명해서 패색이 짙어진 옛 기억들이 가끔 유리 파편처럼 만져지기도 했다.

내게 첫 시집은 나의 유년이 지닌 둘레를 둘러보는 일

에 가까웠다. 무게나 높이, 깊이로 진입하기 위해서 둘레를 천천히 걸어보는 일이었다. 무엇으로 둘러싸여 있었는지에 대한 이야기이자, 기억에 남겨진 내 이야기의 성실한 청자로서 참여하는 일에 가까웠다. 좋은 만큼 슬프기도 했던 정당한 시간이었다. 정확하게 해석될 수 없어서, 끝끝내 기억에서 사라지지 않을 장면들에 대한 현재의 내 증언이라고 해야 할까. 나의 시들을 그렇게 부를 수 있나. 지금의 나를 조성하게 된 나의 이력들, 나 스스로 쓴 적 없이 기록되어 있는 수기들, 수많은 발단들이 조악하게 조립되어 끝끝내 완성되었다고 말할 수 없는 이야기들이 지금을 비추고 있었다. 매듭지었다고 할 수 없는 어떤 영원함의 목격자로서 그것들을 가슴 한쪽에 지니며 살고 있다. 그러므로 둘레를 배회했다는 말이 정확하겠다.

2.

하교 후 친구들이 집에 놀러오면 가장 먼저 하는 일이 있었다. 친구들 몰래 벽시계 시침을 앞으로 돌려놓는 일이었다. 놀다 보니 바깥은 벌써 어두컴컴해졌는데, 아직 네 시밖에 되지 않았다고 천연덕스럽게 거짓말을 했다. 덕분에 친구들과 더 오래 놀았다. 그때 드리운 외로움이 다 커서야 보이기 시작할 때 슬퍼지기도 했다. 안간힘을 쓰다가 결국 혼자가 되었을 때, 부모님의 소일거리라도 덜기 위해서 바닥을 쓸고 설거지를 해두는 어린 나는 누군가를 실망시키지 않고 싶다는 마음으로부터 단련되었던 것인지도 모른다. 견디는 것, 버티는 것에 대한 방법조차 잘 몰랐을 때, 그때의 나는 나대로 남겨진 채로 이제야 내게 말을 걸어왔다. 그 노크를 시로 받아 적은 것들이 있었다. 이해해도 결코 거둘 수 없는 어둠에 대해서는 애써 해석하지 않았다. 그 외로움이 길러낸 내가 있고, 그것이 어떻게 자라나 있는지 살피는 일로 나는 나의 내부를 끝까지 배회하고 싶었다.

교실에서는 외로움을 들킬 일이 많지 않았다. 숨길 게 많은 사람처럼, 일부러 바쁘게 지내기도 했다. 학창 시절, 학급 반장이나 실장을 놓친 적이 없었다. 그 사실만으로도 누군가를 기쁘게 할 수 있고, 자랑일 수 있다는 걸 일찌감치 알게 된 나는 누가 시키지 않아도 자발적으로 나섰다. 누구보다 내성적이고 용기가 부족했던 나였음에도 그 선택을 후회하지 않았다. 그래서 나는 교무실을 자주 드나드는 학생 중 하나였다. 선생님들의 총애를 받았고, 모르는 소식을 하나라도 더 알게 될까 친구들이 말을 걸어오고는 했다. 반 아이들의 이름을 가장 먼저 외우는 솔선수범의 학생이었지만, 정작 내 당번 시간을 기다렸다가 함께 집에 갈 만한 단짝 친구는 없었다. 두루두루 완만하게 친구를 사귀어야만 했지만, 비밀을 털어놓을 만큼 가까운 친구가 없었다는 뜻이다. 교실에서 앞장서고 많은 친구들을 이끌었지만, 그 소란함 속에서 자라나고 있던 외로움을 그때는 정확히 알지 못했다.

자영이라는 친구가 있었다. 중학교 2학년 때 같은 반이었던, 발달장애가 있던 친구. 매일 할머니가 정성스레 싸주는 도시락을 꺼내 먹었던 아이. 단발머리에 가끔 안경을 쓰고, 친구들의 놀림을 받으면 씩씩거리며 잘 울기도 했던 아이. 학교에 와서 말 한마디 해보지도 못하고 집으로 돌아가기 일쑤였던 아이. 이름만으로 누군가를 놀리는 별명이 된 아이. 처음에는 나도 친구들의 장단을 맞추느라 그 친구를 종종 놀려댔다. 그러다가도 자꾸 눈이 가고, 괜히 미안한 마음이 들어서 남들 모르게 자주 말을 걸고 도움을 주기도 했다. 그 아이도 내게 조금씩 마음의 문을 열었고, 사탕이나 도시락 반찬을 나눠주면서 마음을 표현했지만 그마저도 놀림감이 되어버렸다. 그땐 많은 것을 헷갈려했다. 이러지도 저러지도 못하던 어느 날, 현장학습을 떠나는 버스에 모르는 중년 여성이 올라탄 적이 있었다. 자신을 자영이 엄마라고 소개했고, 일본에 있는 회사에 다니고 있어서 할머니와 사는 자영이의 사정을 대략적으로 이야기했다. 잘못한 것도 없는데 몇 번이나 고개를 조아렸고, 그때 아이들은 만감이 교차했는지 숙연하게 그녀를 바라볼 뿐이었다. 노란 모자를 푹 눌러쓴 자영이는 정작 창문에 기대어 자고 있었다. 그리고 그녀는 학급 실장인 나를 따로 불러 선물 꾸러미를 건네주며 부탁했다. 나는 자영이 엄마야, 내가 친구들을 위해 준비했거든. 네가 꼭 좀 나눠 주렴. 부탁할게. 내가 건네받은 것은 벚꽃이 그려져 있는 검정색 젓가락이었다. 얼떨결에 받아든 젓가락을 친구들에게 나눠주었다. 받으면서도 어쩔 줄 몰라 하던 친구들의 표정이 아직도 생생히 기억난다. 그건 내 표정이기도 했을 테니까. 그렇게 운동장에 내려 모두 집으로 귀가할 때, 반에서 시끄럽게 놀던 무리가 내게 다가와 받은 젓가락들을 다시 돌려주었다. 이런 거 필요 없으니까 너나 가져. 죄책감을 느끼기 싫어서였는지 그들은 심술이 나 있었다. 그 후 학교에서 그 젓가락을 쓰는 친구들을 볼 수 없었다. 반짝이는 벚꽃 무늬처럼 따뜻한 봄날이었는데, 그 장면을 떠올리면 온통 가시만이 남아 있다.

누군가의 외로움을 목도한다는 것만큼 고통스러운 것은 없었다. 그 외로움이 잠들어 있던 나의 외로움을 흔들어 깨우기도 하니까. 견디는 방식에 따라 외로움의 모양만 달라진 것뿐이었지 엇비슷했다. 교실 구석에서 엎드려 자던 그 친구도 나도, 다를 바 없이 학교생활을 이어갔다. 돌이켜보면 숙제는 했는지, 필통은 어디에서 샀는지 괜히 머쓱하게 물어보게 되는 친구들이 있었다. 친구라고 말하는 것이 이상할 정도로 친하지는 않았지만 마음을 쓰게 되는 장면에 함께 등장한 아이들은 잘 잊히질 않는다. 어쩌면 나는 그렇게 나의 외로움을 나눠주었는지도 모른다. 보잘 것없지만 그 마음을 나도 조금 이해할 수 있을 것 같아서 알은체하며 엎드려 잠든 그림자들을 흔들어 깨우곤 했다.

페이스북에 그 아이의 이름을 넣고 검색해본 적이 있었다. 졸업 이후로 한 번도 본 적 없으니 십몇 년이 훌쩍 지나간 시간이었다. 화면에는 그 친구가 사회복지사가 되었다고 나왔다. 얼굴은 그대로인데 처음 보는 표정을 가졌다. 그게 영 어색하고 생경했다. 그래, 너는 좋은 어른이 되었니. 어둠은 헹궈도 어둠일 수밖에 없다는 걸 알게 되었니. 많은 어둠을 모아 가장 밝은 어둠을 알아봐줄 수 있게 되었니. 그 친구의 프로필 사진을 보면서 혼잣말이 많아졌다. 화면을 끄자 어두운 기억을 꺼내어 애써 물을 주는 사람이 된 내가 보이기도 했다.

3.

부모님 결혼식 사진에는 네 살쯤 된 내가 서 있다. 그게 조금 이상하게 느껴질 무렵에 전해 들은 이야기가 하나 있었다. 엄마가 갓 태어난 나를 안고 처음 외할머니를 찾아갔던 이야기. 대학에 입학해 타지에서 공부하고 있을 줄 알았던 딸에게 자식이 생겼다는 사실을 그제야 알게 된 외할머니의 심정이 담긴 이야기였다. 눈물바다가 되어서 무슨 이야기를 나눴는지는 기억나질 않고, 나를 품에 안고 말없이 울었던 외할머니는, 어려서 칭얼대는 일밖에 할 수 없는 나를 원망하다가도 손으로 받치고 있는 어린 나의 모양을, 체온을 조금씩 느꼈다고 했다. 엄마가 스무 살이 되던 해였다. 그리고 내가 스무 살이 되던 해, 나는 엄마의 삶에 대해 종종 생각했다. 내가 태어나지 않았으면 어땠을지에 대한 생각이었다. 어쩌면 나는 더 어릴 때부터 부모의 삶에 복종해야겠다는 일종의 책임감을 느꼈던 것 같다. '내가 태어나서 부모의 인생을 망쳤다. 그러므로 부모의 흠집이 되어서는 안 된다. 올바르고 착실하게 살아야 한다.' 그런 막역한 부담을 앓으며 살았을지도 모른다.

그런 부담은 네 살 어린 동생에겐 전해주고 싶지 않은 것 중 하나였다. 학교 끝나고 집에 혼자 남겨지는 것이 무섭고 두려웠던 내게, 그 무시무시한 감정이 동생에게로 전해지지 않았으면 하는 마음이 들었던 거다. 가족으로부터 내가 느껴왔던 이상하고 무서운 감정들, 혼자서 마음먹고 혼자서 들키는 수치스러움을 동생에게 일찍 알려주고 싶지 않았다. 이런 걱정을 하게 된 것은 동생의 성향 때문이었다. 또래 아이들에 비해 말수가 거의 없고, 밤마다 이유 없이 울거나 자기 생각을 잘 표현할 줄 모르는 동생이기 때문이었다. 나는 학교를 끝마치고 동생이 다니는 유치원에 가서 동생을 데려왔다. 남들이 보면 애가 애를 데리러 가는 모습이었을 거다. 통학 버스가 오는 데까지만 마중을 나갈 수도 있었지만, 애써 동생을 데려와 학교 앞 문방구에서 내가 자주 사 먹던 것을 사주고, 장난감을 구경시켜주는 정도의 시간을 함께 보냈다. 물론 매번 잘 놀아준 건 아니었다. 그땐 나도 어렸기에 친구가 집에 놀러오면 친구가 우선이었고, 강아지를 키우게 되면서 동생이 뒷전이 된 시절도 있었으니까. 동생은 자주 소리 없이 울었다. 소리를 내지 않고 눈물을 다 쏟아낼 기세로 서럽게 울었다. 그런 동생을 보고 친척들은 평소 말도 잘 못하기 때문에 소리 내어 울지도 못하는 게 아니냐고 걱정했지만, 나는 그게 싫었다. 울음이 그친 동생에게로 가서 가만히 동생의 숨소리를 듣고는 했다. 살다 보니 정말 슬퍼 울 땐 아무런 소리가 나지 않는다는 것을 알게 되었다. 그런 장면은 어쩐지 오래 기억에 남았다. 침묵에게서 걸어나오는 시처럼 보이기도 했다.

어려서 우는 것을 끔찍이도 싫어하던 아버지 때문에 나는 자주 책상 밑이나 장롱 속에 들어가 울었다. 아무것도 할 수 없는 나라서, 집안의 싸움이나 불화를 견딜 수 있는 방법은 나만의 공간에 들어가 웅크리는 것뿐이었다. 그렇게 견딘 슬픔은 마르지 않고 잘 고여 있다. 동생과 나는 아마도 같은 웅덩이를 연못처럼 나눠 쓰며 살았을 것이다. 다 말하지 못했지만, 이내 그때를 애써 회상하지는 않지만 마르지 않는 웅덩이에 발 빠지지 않도록 남몰래 애쓰며 살았을 것이다. 「나의 연못」은 그렇게 시작된 시였다. 내가 품고 있는 거의 모든 둘레라고 할 수 있는 반경을 걷는 시. 슬픔이 바다처럼 드넓어져 출렁거리지 않도록 조심스럽게 다뤄온 나의 연못에 대해 말하는 시라고 할 수 있다. 그때의 내게도 비좁은 희망이 있었다. 나아질 거라는 이상한 기대감으로 통과해온 기이한 시간이었다. 데리러 온다던 사람을 기다리는 시간이 길어져 초조함으로 바뀌는 시간. 「나의 연못」은 나 혼자 드나들 수 있었던 나만의 방에 샘솟아 있는 작고 어두운 연못을 처음 말하고 쓴 것이었다. 그 안에는 아직 건져올리지 못한 이야기들이 더 남아 있을 것이다. 그러나 애써 연못 속으로 손을 집어넣지 않을 것이다. 조금씩 말라가며 둘레를 잃어가는 모습을 지켜보는 일만 남았다. 사라진다고 해서 없었던 것이라고 말하고 싶지 않기 때문이다. 그리고 어릴 때의 나를 빈 교실에 두고 온 것 같다는 기분도 서서히 멎어들 것이다. 그때의 성숙하지 않은 목소리의 소란함, 그 소란함 속에서도 남몰래 키우던 고요와 침묵이, 지금 시의 빗장을 열고 마음을 계속 두드린다는 것을 알게 되었다. 연못을 첨벙거릴 때마다 슬픔이 얼마나 비대해지는지도.

4.

재작년 겨울, 나는 국가가 예술가들에게 지원하는 심리상담을 받았다. 혼자서 견디고 싶지 않은 슬픔에 가득 차 있을 때였다. 혼자서 감당할 수 있는 일들만 벌어진다고 굳게 믿었던 내게는 어려운 발걸음이었다. 오늘의 상황을 말하기 위해서 아주 먼 옛날의 일들까지 데려와야 했다. 처음 보는 사람에게 이런 이야기까지 해도 되나 싶을 정도로 많은 이야기를 쏟아부었다. 정처 없이 떠돌던 내 슬픔의 근원에 대해서 들을 수 있었고, 어린 시절의 몇몇 장면들은 지금에 있어 아주 중요한 단서였다.

상담 선생님은 가족이 나오는 그림을 그려보라고 했다. 그때 나는 얼마 전 가족과 함께 다녀온 정읍 구절초 축제를 떠올리며 만발하는 꽃과 나무를 대충 그렸다. 꽃 앞에 다정히 서 있는 엄마와 동생을 먼저 그리고, 카메라 타이머를 맞추다 허둥지둥대는 내 모습을 그렸다. 선생님은 이 그림이 정확하게 반영하고 있는, 나를 옭아매는 이야기에 대해 말해주었다. 어릴 때 나도 모르게 부모에게 흠집이 되어선 안 된다고 다짐했던 애어른의 마음을, 동생에게 슬픔을 물려주고 싶지 않다는 마음을 잘 반영하고 있는 그림이라고 했다. 아무 생각 없이 그린 그림이었는데, 돌아온 말들은 너무 무거웠다. 이제는 그 무거운 마음을 놓아주어야 한다고 했다. 쉽진 않겠지만, 이제라도 그것들의 목줄을 풀어주어야 한다고 했다.

　나에 대해 이렇게 모르는 게 많았는데 나는 어른이 된 것일까. 어쩌면 영영 어른이 될 수 없는 게 아닐까. 물리적인 나이로 구분될 수 있는 어른의 형식만 있는 게 아닐까. 교실에서 아이들을 조용히 시키고 종례를 위해 선생님을 부르러 가던 내가 이렇게 또박또박 걸어와 있다니. 부모를 실망시키지 않기 위해 이미 다 자라난 어른 흉내를 내던 어린 내가 정확하게 도착해 있다니. 동생에게 건네고 싶지 않은 슬픔을 애지중지 키워서 혼자 짊어지고 있었다니. 이렇게 배를 까고 드러난 사실들을 어디서부터 어떻게 이해해야 할지 막막해지는 순간이었다. 유난스런 한파가 몰아치던 겨울이었다. 내가 가진 숫자로는 헤아릴 수 없는 계산이었다.

　가끔은 어린 날의 나를 청산하고 싶었다. 지금의 나를 부정하는 방식이기도 했다.

　마음속에 엉망으로 우거져 있는 가시넝쿨을 하나씩 잘라내면서 길을 만든다. 나 먼저 빠져나올 수 있는 작고 좁은 길을. 지금은 일단 그것부터 시작한다. 3년 전 첫 시집을 낼 때 시인의 말에 이렇게 적었다. "어디 가서 절대 말하지 말라고 했다. 그리고 나는 어겼다." 어기고 나서부터 용서된 시간들, 비로소 이해하게 된 시간들은 이제 멈추게 되었다.

5.

시를 쓰게 되면서 나는 내 슬픔에 대해 충분히 웅대하고 항의하고 끌어안으려고 하는 사람이 되었다. 속수무책으로 흘려보낸 시간을 거슬러 올라가 내가 시작한 일은 그것이었다. 슬픔의 근원지를 찾고 주소를 읊는 일, 그곳에 쌓인 편지를 읽는 일, 이름도 말수도 없는 어린아이에게 말을 걸어보는 일, 어둠 속에서 가장 잘 비치는 거울을 닦아 나를 들여다보는 일. 먼지가 폴폴 날리는 창고에 들어서 이것저것 꺼내고 버리고 정리하는 기분이 든다. 슬픔이 어디에서 기어나온지도 모른 채 살고 싶지 않았다. 밤마다 창궐하는 벌레들처럼, 그것들을 내버려두고 싶지 않았다. 영원히 마르지 않을 슬픔의 웅덩이를 껴안는 일이란 그런 게 아닐까. 목이 마를 때면 가끔 얼굴을 파묻은 채로 웅덩이의 물을 마시기도 한다. 물 위로 비치는 투명하고 창백한 얼굴을 바라보기도 한다. 이곳에 깊숙이 가라앉은 것을 애써 궁금해하지 않으면서, 죽은 따옴표를 건져 오늘의 문장으로 복원시키는 것이다. 그렇게 그때의 내가 들을 수 없었던 내 마음이 하는 말을 시에 옮겨가고 있다.

　　이야기를 전하고자 했을 땐 전해 듣게 된 것이 더 많았다. 슬픔과 대결을 멈출 수 없는 이 삶의 한복판엔 요령이 없는 것 같기도 하다. 이제 배울 수 있는 것들은 그런 것뿐이다. 새로움에 대한 지혜나 방법이 아니라, 아니었다는 것을 깨닫는 일, 그리 대단한 게 아니었다고 착각을 부수는 일. 그래도 그것이 내 것이 아닐 수 없다는 절망감을 순순히 껴안는 일…….

빈 교실에는 아직도 나를 닮은 누군가가 앉아 있는 것 같다. 찾아올 사람도, 기다리는 사람도 마땅치 않은 빈 교실에서 '소란스러웠던 오후의 한때를 떠올려본다. 남아 있는 사람이 할 수 있는 말이 있었고, 먼저 떠나온 사람이 할 수 있는 말이 있었다.

나무 복도를 저벅저벅 걸어와 빈 교실의 문을 열고 더 이상 자라지 않는 아이에게 묻는 것이다.

그래서 나는 이제 무엇이 되었니.

2부

흔적

누군가 창문에 입김을 불어 쓴 글씨

김현

호수

금희야
이제 그만 돌아오렴
더
  날아가면
국경을
  넘어가면
종례 시간까지 올 수 없어

지금 있는 곳
너의 마지막 미소

그곳은 어떠니
생각대로 생각하는 갈대가 있고
생각처럼 생각에 잠긴 푸른 호수가 있니
공부와는 담을 쌓고 진실과는 벽이 없는
철새가 되어서
너는 생각의 부리를 가졌니
너의 미래 너의 어른 너의 소설

철새가 될 거면
안경은 벗어두지

너의 안경이 너의 콧잔등으로 흘러내려 온다
슬그머니 먼지를 쓸면서
꿈꾸던 금희야
그곳에서 네가 쓰는 게 내가 간직하고픈 우정이란다

두 눈 감고도
멀리 내다보는 내 친구
지금은 국어 시간이고 아네모네 쌤이 이런 걸 읊
고 계신다
추정장호벽옥류
가을날 맑고 긴 호수가 푸르러
그곳에서 너는 가을에 물들어 있겠구나
잠들어 있겠구나
웃고 있겠구나
여기는 겨울이야
겨울에 그렇게 먹고 그렇게 자면

금희야

김
현

난 너의 부은 얼굴이 자랑스럽다
너의 흰 블라우스에 꽂힌 노란 리본과
네가 교복 치마 아래 체육복을 입고
우리의 겨털은 자랑이 될 수 있다 대자보를 붙이
는 모습
교과서 한쪽에 빼곡히 적어놓은
여행의 서쪽
우리 둘이 점심때
떡튀순은 왜 그렇게 먹었을까

날아갈까 날아올까
푸른 호수에 발 담그고 망설이는 거지
그래도 그만 돌아오렴 금희야
눈을 뜨고 기지개를 켜고 안경을 올려 쓰고
나를 보고 산다는 건
말해
교실 두 번째 창에 편지를 숨기자
슬퍼하지 마세요 하얀 첫눈이 온다고요

문영아
들리니?
보이니?

목소리

조용했다.

내가 나고 자란 곳은 겨울이면 유난히 춥고 눈이 많이 오는 곳이었다. 눈 때문에 학교에 가지 않아도 되는 날이 있었고, 시외를 오가는 버스의 운행이 중단되기도 했으며, 왕왕 사람이 목숨을 잃는 경우도 있었다. 한번은 눈 때문에 오도 가도 못하는 버스에 발이 묶여서 이름을 알 수 없는 고갯마루에서 밤을 보내기도 했다. 그때의 풍경이 지금도 잊히지 않는다. 어른들이 삼삼오오 무리를 지어 이야기를 나누는 와중에 버스 뒤편으로 가서 보았던 그 어둠은 두려움보다는 아름다움에 가까웠다. 그때 그 이미지는 분명 눈앞에 있는 것이었으나 눈앞에 없는 것이기도 했다. 또한 그때 그 깊숙한 곳에서 들려오던 음성은 누구나 들을 수 있는 것이었으나 나만 듣는 것이었다. 어린 나이였으나, 찰나였으나 나는 아마도 그 순간 처음으로 나의 인생을 의식했다. 그때 그 심연은 내가 사는 동안 두고두고 들여다볼 어떤 원천으로 내 안에 자리 잡았다.

눈과 관련해서라면 이런 일도 있었다. 고등학교 때의 일이다. 일요일 새벽에 잠에서 깨어 보니 눈이 수북이 쌓여 있어서 점퍼를 챙겨 입고 집 밖으로 나와 교회로 갔다. 생전 가지 않던 교회에 가서 예배당에는 들어가지 않고 교회 종탑 아래로 가서, 아직 왔다 간 사람이 없는 그 희고

깨끗한 곳에 발자국을 찍어두고 돌아왔다. 알 수 없는 일이었으나, 그날 아침에 어김없이 울려 퍼지던 교회 종소리를 들으면서 나는 잠시 슬픔에 휩싸였다. 종탑 아래에서 위를 올려다보며 기원했다. 걸어 들어갔던 발자국 위에 다시 발을 맞추면서, 들어간 자국은 있으나 나간 자국은 만들어놓지 않고서, 그곳을 빠져나오면서, 나는 어서 빨리 고향을 떠나고 싶었다. 한 사람을 자주 생각했기 때문이다.

어제는 창가에 앉아 눈이 내리는 것을 보고 있다가 학창 시절 유난히 눈을 좋아했던, 밤마다 집전화로 전화를 걸어왔던 이를 떠올렸다. 무선 전화기를 들고 이불 속에서 밤이 깊도록 대화를 나누던 사람이었다. 우리는 서로에게 아름다운 글귀를 적어주기도 했고, 공테이프에 주주클럽이나 리아, 이기찬의 노래를 녹음해 선물해주기도 했다. 라디오 디제이의 목소리가 섞여들기도 하고 노래가 뚝 끊기는 테이프를 들으면서 녹음과 정지 버튼으로 이루어진 그의 밤을 머릿속에 그려보기도 했다. 그는 한여름의 네 잎 클로버를 코팅해서 간직하고 있다가 한겨울에 선물로 주던 사람이기도 했다. 그와 나는 네 번의 계절 동안 둘도 없는 친구로 지냈으나 새로운 봄이 되자 언제 그렇게 다정했냐는 듯 서로 서먹서먹하게 굴었다.

졸업하고 수년이 지난 어느 겨울엔가 택시를 타고 귀가하다가 불쑥 옛 연락처가 생각이 나 그에게 전화를 했더

랬다. 그는 이제 어른의 목소리를 하고 있었고 내 연락에
당황한 듯했다. 아마도 그는 나를 다단계 영업을 하는 동
창쯤으로 여겼으리라. 그와 전화를 끊고 차창으로 눈길을
돌렸을 때 눈은 내리지 않았다. 눈이 내렸더라면 어땠을
까. 어른은 이미 지나간 시간에 매달려 있다가 툭, 떨어지
기도 한다. 그게 어른의 일 중의 가장 어른다운 일. 그와 나
는 딱 한 번 아무도 없는 곳에서 조용히 입을 맞췄는데, 그
게 우정을 망칠 것이라고는 나도 그도 생각하지 못했다.

침묵
소리가 들렸다.
눈발이 날리면 하던 일을 멈추고 일제히 흩날리는 것을 보
는 교실의 아이들 속에 나는 없었다. 눈송이를 바라보는
것보다 나는 그런 것에 마음을 쏟는 아이들의 뒷모습을 바
라보는 것이 좋았다. 창가에 옹기종기 모인 작고 둥글고
새까만 뒤통수들을 보고 있노라면 그곳에서 언뜻 빛이 어
른거렸고, 아이들이 떠난 창가에 가서 누군가가 유리창에
입김을 불어 쓴 글씨를 보면 무언가 쓰고 싶은 이야기가
떠오르곤 했다. 그 시절에는 누구나 죽음을 가까운 것으로
여기므로 그때 주인을 찾을 수 없는 손가락 글씨는 비밀스
러운 영혼의 메시지 같은 것처럼 여겨졌다. 그런 데서 삶
의 이유를 찾는 이가 나 말고도 또 있었는지는 알 수 없다.

있었더라면 그도 그때는 침묵에 더 가까운 사람이었을 것이다.

학창 시절에 두어 번 죽을 결심을 했다. 한 번은 수면제를 모으다 포기했고 다른 한 번은 목을 맸다. 목을 맸으나 죽지 못했다. 그때 나는 죽음에 임할 각오가 되어 있지 못한 나약한 이였다. 그런데도 죽지 않아서 그때 그렇게 죽음에 승복했더라면 어땠을까, 하고 생각하고 생각했다. 지금도 간혹 수건을 더 높은 곳에 묶었더라면 하는 가정을 해보지만, 이제 모두 우스운 일이다. 지나쳐왔음으로 그리되었다.

이런 말을 하면 믿을 사람이 있을지 모르겠지만, 사실 나는 열네 살에 처음으로 죽었다 살아났다. 그 죽음은 누구의 눈에도 보이지 않고, 누구의 귀에도 들리지 않으며, 누구의 입으로도 형언할 수 없는 지극히 개인적이고 투명한 죽음이었다. 남들 눈에는 보이지 않는 죽음. 그 시절에 누군들 이러한 존엄사를 한 번쯤 경험해보지 않았으랴만 내 죽음의 전조에는 실로 구체적인 형상이 있었다.

중학교 때, 처음으로 동급생에게 따귀를 맞았다. 그가 하굣길에 나를 한적한 곳으로 끌고 가서 그토록 세게 뺨을 때린 것은 내가 여자처럼 여자애들과 어울려 논다는 이유에서였다. 그는 내게 남자처럼 굴라고 경고했다. 그는 남자 중학교에 입학해 내가 처음으로 친구 삼고 싶던 이였다.

고등학교 교련 수업에서는 담당 선생님으로부터 '남자 훈련'을 받았다. 그 많은 남성 청소년 중에서 교련이 꼭 필요한 이가 바로 '미스 김'이라고 불리던 나였다. 그는 웃는 낯으로 수업마다 빈번히 나를 지목해 남자답게 제식 구령을 외쳐보게 했고 내가 '계집애처럼 굴어서' 웃음거리가 되는 와중에도 "고추 떼라, 인마"라고 말했다.

한때 나는 그런 투명한 죽음에 현혹되곤 했다. 왜냐하면 그런 죽음에의 영원회귀만이 내가 사랑하고 나를 사랑하는 이들에게, 내가 저주하고 나를 저주하는 이들에게 나를 각인시킬 방법처럼 느껴졌기 때문이다. 그 죽음들은 대부분 내 책상 위에서 나타났다 사라졌다. 글 속에서. 나는 자연에 불응함으로써 생기는 영혼의 가능성을 믿는 어리석은 소년이었다. 그런 철부지 시절에 관한 이야기는 이제 영원히 사라졌다. 수년 전에 나는 그때 썼던 여러 개의 일기장을 모두 불태워버렸다. 어른이 되어가는 과정이란 삶에 대한 환상이 아니라 죽음에 대한 환상을 버리는 일임이 분명하다. 그러므로 나는 모든 죽음에 고개를 숙이면서도 모든 삶에 애도를 표하지 않는다. 나는 살아 있다는 이유로 죽음을 소란스럽게 앓고자 하는 이를 더는 가까이 두고 싶지 않다. 살아 있다는 이유로 고요히 소멸해가는 이와 이제 더욱 가까이 지낸다. 삶을 포기하는 것이 아니라 죽음에 잘 이르고 싶다는 이들의 침묵에 더 마음이 쓰인다. 그런 이유로 나는 영정 사진을 미리 찍어두고 수의 대신 입고 싶은 옷을 골라놓거나 장례식장에서 계속해서 틀어놓고 싶은 음악을 미리 귀띔해주는 사람을 가장 가까운 벗으로 두고 있다.

바로 나 자신이다.

침묵

내렸다.

한겨울에 차창을 멍하니 보고 있던 어른이 감탄을 내뱉을 만한 일은 눈송이를 보았을 때뿐이다. 눈송이가 하나둘 휘날리자 카페에 있던 이들이 하던 일을 멈추고 모두 창밖으로 고개를 돌렸다. 자연에 순응할 때 인간은 아름답다.

세 번째 겨울을 맞은 딸과 함께 눈사람을 만들어 사진으로 찍어 보낸 친구의 얼굴을 흐뭇하게 떠올리면서 부모는 언제까지 자식이 맞이하는 계절에 순번을 붙이는 것인가를 생각해보게 되었다. 네 번째 가을과 다섯 번째 여름과 여섯 번째의 봄. 나는 부모가 되어본 적이 없어서 모르는 일이다. 생명이 생명을 낳거나 기르면서 얻게 되는 깨달음이란 소박한 것일 테다. 계절이 순환한다는 것. 그리고 그 계절이 모두 새롭다는 것. 다니카와 슌타로 시인이 적은 바대로 "새롭고 한없이 넓은 여름"은 늘 돌아와 나에게 묻고 답하게 한다. 살아 있는가, 하고. 부모가 된 친구가

자식이 된 딸과 함께 보내는 계절을 저토록 매번 기억하려
는 이유는 그 번호 매김이 바로 살아 있기에 가능한 것이
기 때문일 테다. 살아 있기에 세 번째로 겨울을 맞은 친구
의 딸 '수아'에게 나는 이렇게 시작하는 시를 적어주었다.

"눈사람을 둥글게 만드는 법은 누구에게 배워서 아는
게 아니지."

지난 12월 1일에는 영만이 어머니의 초대를 받아서
4·16가족극단 노란리본이 기획한 연극 〈이웃에 살고 이웃
에 죽고〉 공연을 보러 다녀왔다. 영만이는 단원고 2학년
6반 학생이었다. 생일은 2월 19일이고 나는 영만이와 영만
이를 기억하는 이들을 위한 생일시를 2016년에 썼다. 과연
산 자와 죽은 자가 맺게 되는 인연이란 것도 있을까. 나와
영만이는 태어난 날로 묶였다. 영만이와 303명의 사람은
죽은 날로 묶였다. 나와 영만이 어머니와 많은 이들은 304명
을 기억하기 위한 날들로 묶였다. 리본의 매듭처럼.

이제 더는 새로운 여름을 맞이하지 못할 자식을 둔 부
모들은 공연을 여닫는 동안 자식과 부모와 이웃의 삶을 연
기하면서 누군가의 삶을 매듭짓고, 번호 매김하고 있었다.
그날 무대는 59번째였고 동명인 연극의 마지막 공연이었
다. 공연이 끝나고, 그날 생일을 맞은 동혁이 아버님이 이
제 막 연기를 마친 아내 곁에 서서 "동혁이는 16년 4개월
15일을 살았고, 오늘은 22번째 생일입니다"라고 말을 시작

김
현

했다. 그 구체적인 생의 숫자들을 듣고 울지 않는 어른이 없었다. 어른이란 어디서든 울음을 터뜨릴 줄 아는 이라는 걸 어릴 때는 알지 못했으나 커서는 행하면서 알 수 있게 되었다. 공연장을 나오기 전에 살아 있을 적의 영만이처럼 무대 위에서 트레이닝복을 입고 랩을 하던 영만이 어머니의 손을 꼭 잡아드렸다. "선생님도 영만이 생각하셨죠?" 라며 영만이 어머니가 환하게 웃음을 지어 보였는데, 어른이란 어디서든 웃음을 터뜨릴 줄 아는 이라는 걸 어릴 때는 알지 못했다는 사실을 깨쳤다. 영만이를 위한 생일시에 '기쁨의 두부고로케'라는 제목을 붙이며 나는 영만이를, 내가 만약 영만이와 한 교실에서 공부했더라면 불러주지 않아도 되었을 애칭을 이리 적었다.

"기쁨의 트레이닝복, 기쁨의 발냄새, 기쁨의 쇼미더머니."

최근에 수년을 함께 어울려 지냈던 친구가 투병 중에 세상을 떠났다. 친구의 죽음은 처음이었다. 이 이야기를 나는 벌써 세 번째 쓰고 있다. 첫 번째로 쓸 때는 그의 익명성에 관해 썼고, 두 번째로 쓸 때는 그의 빛에 관해 썼다. 그리고 나는 이제 그의 침묵에 관하여 쓴다.

"그는 말이 없다."

더는 쓸 수 있는 말이 없다. 죽은 자의 침묵에 관하여 쓸 수 있는 말은 그가 침묵한다는 사실뿐이다. 친구는 짧은 생을 살았으나, 많은 이들에게 선의를 전한 사람이었다. 그도 눈사람을 만들 줄 아는 이였고, 운동복을 입고 노래할 줄 아는 이였다. 광장에서 촛불을 들 줄 알았고, 누구보다 눈이 내리면 제일 먼저 밖으로 나가 아직 아무도 흔적을 남기지 않은 곳에 발자국을 남겨놓고 그것을 사진으로 찍어 친구들에게 전해줄 줄 아는 이였다. 그가 눈 위에 가지런히 새겨놓은 자국을 누가 시가 아니라고 부를 수 있으리. 그 친구를 기억하기 위해 적어둔 짧은 메모는 이런 '침묵'으로 시작된다.

"눈이 내리는 소리를 들어본 사람도 있을까?"

목소리
쌓였다.
지금도 이름이 또렷하게 기억나는 한 사람에 관한 이야기다.

그와 내가 한 교실에서 공부를 시작한 지 얼마 지나지 않아서였다. 그는 늘 교실 창가 쪽 세 번째 줄에 앉아 있던 아이였는데, 수업 시간에 선생님의 눈을 피해 내게 리본 모양으로 접은 종이쪽지를 종종 보내왔다. 대부분 지루한 수업 시간에 할 법한 짧은 말이 적혀 있거나 그림이 그려져 있었는데, 어느 날엔가 꿈이라는 단어가 들어간 글귀를 적어 보냈더랬다. 나는 수업 시간에 쪽지를 돌릴 만한 용기가 없는 사람이었던지라 그에게 답장을 한 번도 보낸 적이 없다. 대신 나는 그가 보내온 종이쪽지를 필통에 넣고 다녔다. 점심 도시락을 같이 먹기 시작했고 하굣길 동무가 되었으며 주말이면 그의 집에 놀러 갔다. 찐 옥수수를 나눠 먹으며 만화책을 보고 휴대용 손전등을 들고 나가 논두렁을 걷다가 한 이불에 누워서 라디오로 〈유영석의 FM인기가요〉를 듣곤 했다. 꿈에 대해서 말한 적은 단 한 번도 없었다. 우리의 미래에 관해서도 말하지 않았다. 그저 둘이 친구가 되어 있음이 기뻤다.

「호수」라는 시에 나오는 '금희'는 어디에나 있는 누구나이지만, 어딘가에 꼭 한 명뿐인 사람을 떠올리며 적은 시다.

교실에서 만났던 친구. 교실에서 내게 종이쪽지를 보내오던 친구. 교실에서 함께 대걸레질하던 친구. 교실 난로 위에 철제 도시락을 포개어놓던 친구. 교실 책상 위에 올라가 함께 무릎 꿇고 벌을 받던 친구. 교실에서 벗어나 함께 분식집이나 도서관에 가던 친구. 여름이면 함께 강으로 수영하러 가던 친구. 가을 소풍 때는 김밥을 나눠 먹고, 겨울이면 한여름의 네 잎 클로버를 선물하던 친구. 김이 서린 유리창에 친구, 라는 글씨를 쓸 줄 알던, 살아 있던 친구.

그때 나와 친구는 다른 점이 많았지만 단 하나의 공통점이 있었다. 그건 우리가 이름과 얼굴을 가지고 있다는 사실이었다. 이름과 얼굴만 있다면 누구나 고유한 것이니까. 「호수」라는 시에 관해 말할 수 있는 사실은 오로지 그것뿐이다. 그러니까 이 시는, 누군가의 얼굴을 보는 일과 무관하지 않다. 그때의 얼굴은 미래의 얼굴이다. 미래의 얼굴이란 언제나 과거의 얼굴로 이루어지는 것이기 때문에 그건 어쩌면 시간의 총체적인 얼굴이라고 하는 편이 더 나을 것이다.

어른은 그저 나이를 먹는 일에 불과할지도 모른다. 그러나 어른의 얼굴은 나이로 인해 발생하는 것이 아니다. 어른의 얼굴은 상상해보게 한다. 그의 삶을. 그의 삶을 토대로 한 나의 삶을. 우리의 과거를. 우리가 한 교실에 있었더라면. 우리가 함께 죽음을 넘었고, 우리가 함께 살아가고 있다면. 어른은 타인의 얼굴에서 시간을, 시간에 힘입어온 기쁨과 슬픔을 읽어내려고 노력하는 사람일 것이다.

지난 겨울, 우리는 만 스물네 살의 비정규직 발전노동자 김용균 씨의 죽음을 함께 경험했다. 컨베이어벨트에 말려 들어가 머리와 몸이 분리되었다는 처참한 얘기 앞에서 누군들 가슴이 철렁하지 않았을까. 새 양복을 입고 새 구두를 신고 수줍게 웃던 김용균 씨의 생전 모습을 보면서 언젠가 어디선가 보았던 얼굴(들)을 떠올렸다.

그때 나와, 우리와 한 교실에서 지내던 이들은 지금 어디에서 무엇을 하고 있을까. 무사히 어른이 되었을까. 여전히 어른의 얼굴을 갖춰가고 있을까. 지금도 눈이 내리면 하던 일을 멈춘 후에 창밖을 내다보고, 창문에 입김을 불어 글씨를 쓸까. 시는, 시인은 감히 그 행방을 상상할 수 있다. 이름을 부르고 얼굴을 적어 내려가면서. 그가, 금희가, 그 친구들이 저 깊은 어둠 속에서 이곳을 향해 감히 목소리를 낼 수 있도록.

돌아갈 수 없는 교실

신철규

무지개가 뜨는 동안

여기는 그늘이고, 저기는 환한 빛 속이야.

커튼이 쳐진 교실은 어둑하고
커튼 틈으로 들어온 햇살이 촛대처럼 길게 늘어져
교실 바닥을 두 쪽으로 쪼갠다

우리는 창틀에 팔꿈치를 괴고 무지개를 바라본다
처음과 끝이 희미해서 아슬아슬한 무지개
손으로 잡기에는 너무 멀고 뛰어가면 사라져버릴

운동장에서 단체 줄넘기를 하는 아이들은 한 마
리의 벌레 같다
지구가 생기고 난 뒤 한 번도 멸종된 적이 없는
구름에 대해 생각하는 오후

먼지 속에 갇혀 운동장에서 뛰고 있는 아이들에게
우리는 유령처럼 보이겠지.

우리의 손가락 사이로 송사리떼 같은 햇살이 스
쳐간다
우리는 서로 뜨거운 이마를 손바닥으로 짚어준다
너의 슬픔은 찰랑거린다
그 수면에 손바닥을 갖다대면
오른눈은 반달 모양으로 웃고 왼눈엔 주먹만한
눈물이 맺힌다

우리가 평생 동안 흘릴 눈물을 모은다면
몸피보다 더 큰 물방울이 눈앞에 서 있을 거야.

누군가 텅 빈 교실 문을 열고 들어온다
우리는 가만히 숨을 멈추고 몸을 포갠다
훈풍이 불어와 커튼을 펄럭이자
우리의 등뒤로 뚱뚱한 거인의 그림자가 늘어진다
그녀는 바닥에 쪼그리고 앉아 그림자의 어깨를
토닥인다

여기는 투명한 그늘이고
저기는 여전히 물방울이 타오르고 있어.

신
철
규

———

『지구만큼 슬펐다고 한다』, 문학동네, 2017.

고등학교 시절의 기억은 많지 않다. 수업과 자율학습이 반복되었던 일상에 대한 기억은 흐릿하기만 하다. 빼곡하게 들어찬 책걸상과 짙은 청색의 칠판, 칠판 위에 걸린 태극기와 급훈, 단상과 교탁, 교실 오른편을 가득 메운 철제 사물함. 교실 뒤쪽 벽은 친구들의 손때로 거무튀튀했고 아래쪽에는 신발 자국이 어지럽게 찍혀 있었다. 학교로 가는 길의 기억은 같은 재단 여자상업고등학교에 다니던 여학생들의 교복, 특히 한겨울에도 입은 치마와 살색 스타킹, 이른 아침에 등교하느라 입에서 새어나오던 입김만이 선명하게 남아 있다. 나는 읍내에서 자취를 했는데 학교까지 거리가 멀어 자전거로 통학을 했다. 항상 시간에 쫓겨 힘들게 자전거 페달을 밟아 학교에 갔는데 똑같은 교복 차림의 학생들이 교문으로 쫓기듯 몰려가는 것을 볼 때 약간의 현기증과 거북함을 느꼈다. 거기에서 나라는 한 인간의 고유성을 찾기는 힘들었다.

나는 소읍에서도 한참 버스를 타고 들어가는 산골에서 자랐다. 시골과 산골은 좀 느낌이 다를 듯한데 실제로 우리 동네가 산에 있었기 때문에 산골이라고 부를 수밖에 없다. 동네는 해발 500미터에 위치해 있었다. 마을 뒷산인 '삼봉산'에는 조그만 암자와 탄광도 있었다. 경상남도에 속해 있지만 강원도와 첫눈 오는 시기가 거의 차이가 나지 않고 고랭지 채소를 재배할 수도 있는 곳이다. 여름에는 온 산과 들에 농약 냄새가 끊이지 않았다. 버스는 하루에 일곱 대 정도 있고(예전에는 열 대 정도 다녔는데 인구도 줄어들었고 요새는 대부분의 집에 자가용이 있다) 배차 간격도 1시간 30분~2시간이었다. 읍내에서 막차가 일곱 시 반에 출발했는데, 고등학교 다닐 때 토요일 막차는 읍내에서 자취하던 고등학생들로 빼곡했다.

생활이 너무 단조로웠기 때문에 유년의 기억 또한 많지 않다. 여름방학에는 개천에서 물놀이를 하다가 지겨워지면 뜨겁게 달궈진 바위 위에서 몸을 말렸고, 겨울방학에는 눈길 위에서 비료 포대를 타거나 눈사람을 만들고 가끔은 형들을 따라 산에 가서 토끼나 꿩을 잡았다. 하지만 나는 이러한 것들을 즐기는 편은 아니었다. 심지어 지금도 작물이나 식물, 곤충의 이름을 거의 모른다. 그런 것에 흥미가 없었기 때문에 널린 게 온갖 풀과 곤충인 곳에서 제 눈앞에 있는 것들을 놔두고 교과서에 나오는 사진을 보고 겨우 외울 정도였다. 매미를 실제로 잡아본 적도 별로 없고 장마 무렵 두꺼비가 길에 나와 있으면 멀리 돌아갔다.

이상의 수필 「권태」에서 도시에서 살고 있는 서술자가 시골의 풍경과 사람들의 모습을 보고 느꼈던 것을 나는 시골에 살고 있으면서 느꼈다. 유년 시절 나의 내면은 알 수 없는 서러움과 억울함으로 가득했다. 지금도 그 감정이 가끔 고향에 들르면 불쑥불쑥 솟아난다. 20대 후반에 집으로 가기 위해 읍내에서 버스를 탔는데, 면 소재지에 도착한 버스에 내가 다녔던 중학교의 아이들이 우르르 올라탔다. (그 학교는 그 당시에 이미 전교생이 30명 남짓으로 줄어들어 읍내 중학교의 분교가 되었다. '우르르'는 일종의 과장이고 10명 남짓한 학생이 올라탔다. 내가 다닐 때만 해도 수업이 끝날 때쯤 집으로 가는 버스에는 학생들로 북적거릴 만큼 그 수가 제법 많았다. 물론 그때도 전교생이 100명이 채 되지 않았다.) 교복을 입은 키가 작은 남자중학생이 팔을 최대한 뻗어 간신히 천장에 매달린 둥근 손잡이를 잡고 있는 모습을 보는 순간 슬픔이 울컥 쏟아져 나올 듯해서 내릴 때까지 마음을 진정시키기가 힘들었다. 몸피보다 큰 교복을 입고 있어서 옛날의 내 모습이 떠오르기도 했지만, 그 아이가 도회로 나가 얼마나 힘겹게 자신의 과거를 부정하고 또 그것을 뼈아프게 그리워할지 눈앞에 그려져서 그랬던 것 같다.

중학교 시절은 내 인생의 황금기 중 하나다. 걱정 없이 학교만 다니던 시절이었다. 우리 동네에서 버스로 10분 거리에 있는 면 소재지에 학교가 있었다. 여러 골짜기에 흩어져 있던 친구들이 모였고 다들 착했다. 남자 열네 명, 여자 스물한 명이 한 반이었고 그것이 학년 전체였다. 수업 때 차분히 앉아 있는 학생은 아니었기에 선생님 말씀에 끼어들거나 짝지와 장난을 치다가 혼이 많이 났다. 수업 시간에 너무 떠들어서 화가 난 선생님이 교실 뒤에 벽을 보고 서 있는 벌을 주기도 했다. 만화책을 좋아했고(특히『슬램덩크』) 다른 책에는 흥미가 없었다. 여자애들이 소설책 같은 것을 읽고 있으면 좀 한심하게 바라보는 편이었다. '저게 무슨 재미가 있는 거지?'라며 의아하게 생각했다.

　고등학교 시절은 이와 달리 암흑기였다. 중학교 때의 평화롭고 화기애애한 분위기와 달리 전교생이 천 명에 육박하는 남자고등학교의 억압적이고 권위적인 분위기 때문에 위축되어 있었고 스스로에 대한 불만과 존재 이유에 대한 회의도 깊어졌다. 교실에는 남자애들의 혈기와 공격성이 꿈틀대고 있었고 그것을 통제하기 위해 선생님들도 폭력적이었다. 돌이켜보면 영화〈말죽거리 잔혹사〉와〈바람〉에 나오는 교실 분위기가 혼재해 있었다. 나는 교실 뒤편에서 학교 수업을 팽개친 친구들과 교실 앞쪽에서 열심히 수업을 듣고 선생님 말씀을 거스르지 않는 모범생(도대체 누구의 '모범'이 된다는 뜻인지 지금도 알 수가 없다. 권위와 규율에 복종하는 것을 우리 사회에서는 '모범'이라고 인식하는 듯하다) 사이의 어정쩡한 위치에 있었다. 입시 교육을 혐오하면서도 잘 적응한 편이었다.

　나는 고등학교 2학년 때 이과에 진학했다. 이과로 진로를 선택한 이유는 단 하나였다. 내 선입견으로는 문과는 좀 더 감성적인 사고에 익숙하거나 어울리는 것이었다. 나는 오히려 논리적이고 정합적인 세계를 지향한다고 스스로 믿었기에 이과를 택했다. 국어나 문학 수업보다는 수학이나 물리 쪽이 공부하기에 편했다는 것도 하나의 이유였다. 아이러니한 것은 고등학교 1학년 2학기에 실시한 적성 검사에서 문과가 나왔다는 것이다. 하지만 마지막까지 고민을 하다가 이과를 택했다. 지금도 흔히들 믿듯이 이과 쪽이 취업이 잘되고 회사에 취직하여 안정된 삶으로 나아가는 데 유리하다는 생각에서였다. 이론과 수식으로 사회적 현상이나 물리적 현상을 분석하는 문제가 내게는 편했고, 인간의 삶이나 감정과 관련된 문제를 감성적으로 이해하려는 접근 방식은 내게 맞지 않는 것으로 여겨졌다.

2학년 때부터는 친구도 좀 사귀면서 상황이 나아졌지만 '나'라는 한 사람의 존재 이유에 대한 회의는 쉽게 사라지지 않았고 그것은 외로움을 동반한 것이었다. 그때 이미 진로나 미래에 대한 비전을 스스로 결정한 친구들이 부러웠다. 내게는 남들에게 내세울 만한 꿈이 없다는 사실에 불안감을 느꼈다. 고등학교 1학년 겨울방학부터 읽기 시작한 소설책이 그나마 나를 특별한 인간으로 만들어주었다. 쉬는 시간에 아이들이 떠들면서 장난을 치거나 할 때 나는 짬을 내서 소설책을 읽었다. 하지만 그것은 단순히 재미를 위한 것이었지, 문학이나 글쓰기에 심취하거나 몰입한 것은 아니었다. 교내 축제 때 문예반 친구들이 시화전을 한답시고 낭만적이거나 우수가 깃든 그림을 배경으로 정성스러운 글씨로 써놓은 시들을 보고 무심히 지나쳤다. 무슨 뜻인지 이해할 수도 없었고 이러한 글쓰기가 삶에 어떤 도움이 되는지 알 수가 없었다. 그러면서도 꾸준히 소설책을 읽었다. 처음에는 대하소설을 읽었는데, 소설 속 주인공들의 삶과 그들이 겪은 역사적 질곡과 수난이 교과서에 실린 피상적 지식과는 다른 생동감을 주었기 때문이다. 내가 살아보지 못한, 살 수도 없는 시간과 공간 속을 헤매고 다니면서 지긋지긋한 교실에서 잠시나마 벗어나게 해주었던 것이다.

이런 해방감을 몸으로 느낄 때가 가끔 있었다. 점심시간에 창틀에 기대어 멍하니 창밖을 바라볼 때였다. 학교 울타리 근처에 심어놓은 나무들 너머 푸른 하늘을 바라보고 있으면 내가 어딘가에 갇혀 있다는 느낌에서 잠시 벗어날 때가 있었다. 그리고 하교 시간에 아이들이 분주하게 집으로 돌아간 뒤 뒤늦게 교실을 나와 혼자 운동장을 가로지르면서 고개를 들고 하늘을 보고 걸었다. 나를 둘러싼 모든 것과 그 속에 놓여 있는 내 자신이 비현실적인 것으로 느껴졌고 짧은 순간이지만 이 세계에서 이탈한 해방감을 맛볼 수 있었다. 우리의 존재가 무상하게 흘러갈 수밖에 없음을, 그리고 그것이 얼마나 아름다운 일인지를, 그 아름다움을 붙잡지 못해 우리는 또 영원히 괴로워할 수밖에 없는 존재임을 나는 받아들일 수밖에 없었다.

「무지개가 뜨는 동안」을 쓰게 된 직접적인 계기는 2015년 8월 22일, 단원고등학교에서 열린 304낭독회 참석차 단원고등학교를 방문한 경험이었다. 그때 처음이자 마지막으로 세월호 침몰 사건으로 희생된 2학년 학생들의 교실을 보았다. 돌아오지 않는 아이들의 빈 책상 위에 놓인 편지들, 노란 리본, 학·별·배 모양으로 접힌 종이 모형들. 그리고 시든 꽃과 아직 생생하게 살아 있는 꽃들. 기억하고 잊지 말아야 할 이름들을 애타게 부르는 목소리와 슬픔이 교실을 가득 메우고 있었다. 여러 교실을 차례로 돌아보다가 한 책상 서랍에 들어 있는 교과서와 문제집을 잠깐 펼쳐보았다. 앞면에 큼지막하게 적힌 이름과 빼곡하게 들어찬 글씨들. 선생님이 중요하다고 말한 부분에 표시된 별 모양의 표시와 밑줄. 그리고 딴 생각이 적혀 있는 낙서와 그림. 그것은 오롯이 희생자들의 숨결을 담고 있었다. 때로는 지루함과 피곤함을 참으면서, 때로는 의욕을 가지고 그들은 자신의 앞날을 어렴풋하게 그렸을 것이고, 나는 그때 아이들이 지었을 표정을 떠올리려고 노력했다. 끔찍한 사건에 대한 예감은 그 어디에서도 찾아볼 수 없었다. 그마저도 중간고사 시험을 앞두고 모든 것은 멈추어버렸다.

이 시는 제목과 첫 연과 마지막 연을 메모해놓고 오래 고심했지만 계속 쓰지 못하고 있었다. 그러다가 2017년 1월에 겨우 완성할 수 있었다. 무지개가 떠 있는 동안 잠시 교실로 돌아온, 이제는 형체도 없고 마음만 남은 두 아이가 본 교실과 학교 풍경을 그리고 싶었다. 두 아이는 커튼이 쳐진 교실의 그늘 속에 잠겨 있다. 더 이상 빛 속으로 나아갈 수 없는 두 아이의 눈에 운동장에서 단체 줄넘기를 하고 있는 친구들이 보인다. 자신의 왼쪽에서 다가오는 줄을 쉬지 않고 뛰어넘어야 하는, 옆으로 누운 새장 같은 틀 속에 친구들은 갇혀 있다. 그들은 살아남기 위해, 그리고 다른 사람에게 피해를 주지 않기 위해 반복되는 리듬 속에 스스로를 가두어야 한다. 곧 사라져버릴 무지개는 아랑곳하지 않고 앞만 보며 제자리에서 뛰어야 하는 친구들이 이제는 유령이 되어서 돌아온 두 아이에게 어떻게 비칠까. 텅 빈 교실에서 친구들을 안쓰러운 눈으로 바라보고 있는 자신들이 그들에게는 보이지 않는다는 사실을 확인한 슬픔은 어떤 것일까. 짧은 순간 스쳐간 삶의 감각은 어렴풋한 기쁨을 주었을지도 모른다. 그리고 성인으로 나아가는 길목에서 좌절된 자신의 운명을 생각하며 무한한 슬픔을 느꼈을지도 모른다. 타인의 고통에 무감각해지는 것이 어른이 되는 것이라면 친구들은 너무 빨리 어른의 세계로 편입되었는지도 모른다. 이 세계가 슬픔으로 가득한 것이라는 것을 알게 된 두 아이에게 어떤 위로의 말을 건넬 수 있을까. 그림자로만 자신의 존재를 증명할 수밖에 없는 두 아이의 어깨를 토닥이는 '그녀'는 누구였을까. 두 아이의 이름을 잊지 못하는, 여전히 그 이름을 속으로 천천히 되뇌는 친구였을지도 모른다. 유령이 될 수밖에 없는 아이들과 그들을 기억에서 지워야 하는 아이들의 슬픔은 눈부시게 투명할 것이고 물방울과 빛이 만나 만들어진 무지개는 금방이라도 사라질 듯하다.

교실은 우리를 둘러싼 세계의 사물과 현상을 이루는 원리와 그것을 설명하는 논리를 가르쳐주었다. 하지만 그 이면에 가득한 모순과 불연속에 대해서는 말하지 않았다. 그것은 정답의 세계와는 거리가 먼 것이었기 때문이다. 원인과 결과에 따라 이루어진 세계는 일부분에 지나지 않으며 보이지 않는/볼 수 없는 곳에서 일어나는 우연과 불확정성이 이 세계의 더 큰 부분을 차지하고 있다는 것에 대해서는 알려주지 않았다. 순응하는 인간과 이탈한 인간, 정상과 비정상, 정답과 오답을 가르는 명확한 구분만이 중요했으며, 자본이 어떻게 인간을 착취하고 어떻게 우리의 삶과 일상을 옥죄고 있는지, 그것을 벗어나는 길이나 그것으로부터 나 자신을 온전하게 지켜낼 수 있는 방법에 대해서는 가르쳐주지 않았다. 교실은 폭력과 무질서로 가득한 세계로부터 학생들을 지켜내려고 노력하기는 했지만 그것이 왜, 어떻게 일어나고 있는지, 그것을 막기 위해 어떤 노력을 해야 하는지에 대해서는 무관심했다.

어른이 되고 나라는 인간이 완벽한 존재가 아님을, 나 또한 누군가에게 상처를 주는 존재임을 조금씩 받아들이기 시작했을 때, 나는 슬픔이 어디에서 오는지 오래 생각해본 적이 있다. 슬픔에는 크게 두 가지가 있을 것이다. 하나는 지속적인 슬픔이고 다른 하나는 순간적으로 외부에서 습격해 들어오는 슬픔이다. 지속적인 슬픔은 우리가 유한한 몸과 생명을 가지고 태어난 한계 조건에 의해 필연적으로 느끼게 되는 감정 상태라면, 순간적인 슬픔은 우리가 그러한 한계 조건을 잊고 지내다가 그것을 새롭게 확인하는 과정에서 느끼는 감정 상태라고 할 수 있다. 우리는 이 세계의 벽과 마주하거나 현실을 개선할 수 없다는 막막한 무력감 때문에 슬픔을 느낀다. 슬픔에 잠겨 있을 때 우리를 더욱 가라앉게 하는 것은 그 슬픔을 타인으로부터 이해받지 못하고 공감을 얻어내지 못하는 상황이다. 우리는 '나'와 '세계'의 불일치 때문에 느끼는 소외감과 고립감에 의해 내면으로 더욱 깊이 침잠하고 타인을 비난하거나 자신을 책망하면서 괴로워한다. 어쩌면 우리가 가장 슬픔을 느끼는 상태는 슬퍼야 하는 상황에서 '제대로' 슬픔을 표출하지 못할 때인지도 모른다. 눈물은 주체가 스스로를 감당하지 못해 터져나오는 육체의 떨림이고 이 세계의 양심 전체에 호소하는, 심장에서 길어올린 몸부림 같은 것이다. 그것은 절망으로 인한 허물어짐일 수도 있지만 자신이 인간이라는 것을 증명하고 견뎌내는 의지의 표현이라고도 볼 수 있다.

우리에게 어떤 재앙이 닥쳤을 때 간절해지는 마음이 솟아나는 것을 막을 수는 없다. 그러한 생각마저 할 수 없다면 우리가 하는 행동이 너무 무기력하고 보잘것없는 것이 되어버리기 때문이다. 나는 신을 믿지는 않지만 이처럼 불행한 세계에 신마저도 없다면 인간이 더 불행하고 고독한 처지에 놓일 것이라는 의미에서 신이 꼭 필요한 존재라고 생각한다. '나만의' 신은 어디에도 없을 것이지만 '우리의' 신은 있을 것이다. 나는 신을 양심과 동의어라고 생각한다.

무관심과 무차별(차이 없음)은 영어나 불어에서 하나의 단어로 표기된다(영어로는 indifference, 프랑스어로는 indifférence 이다). 관심을 두지 않으면 차이는 발생하지 않는다. 차이는 단순히 이 사물과 저 사물의 외관이나 내용적인 면에서 다른 점을 짚어내는 것뿐만 아니라 그 가치의 경중을 따지는 것에서 비롯된다. 중심과 주변, 위와 아래, 선과 후 등에 대한 질서를 매기지 않으면 우리는 사물을 인지할 수 없다. 그것은 선과 악에 대해서도 마찬가지일 것이다. 나에게 흑과 백으로 보이는 것이 다른 사람에게는 두 가지 모두 회색으로 보일 수도 있다. 하지만 어떤 사물도 회색으로 통일될 수는 없다. 이 세계에 대한 '관심 없음'을 '차이 없음'으로 처분해버림으로써 자기의 양심을 저버려서는 안 된다. 양심을 뜻하는 영어인 conscience는 '같이, 함께'(con)와 '알다, 보다'(scientia)가 합쳐진 말이다. 자기의 특수한 시선이 보편적 기준과 얼마나 가깝고 먼 것인지, 시대의 상황에서 자신의 소신이 그릇된 것인지 옳은 것인지, 자신의 판단이 공동체를 위하는 것인지 그것을 파괴하는 것인지 고민하지 않고 독단적인 양비론에 빠진다면, 그것은 바로 양심(함께 봄)을 저버리는 것이다. 내가 몰랐다고 해서 타인의 고통에 대한 책임이 줄어드는 것은 아니다.

우리는 자신이 행복해야 한다는 강박에 빠져 있는 것 같다. 행복하기 위해서는 잘 살아야 한다는 단순한 논리의 반복이 그것이다. 행복해야 한다는 압박감이 오히려 우리를 행복에서 멀어지게 한다. 여기에는 행복이 무엇인지, 왜 행복해져야 하는지에 대한 질문이 없다. 다른 사람을 짓밟는 것이 아니라 넘어진 사람에게 손을 내밀고, 울고 있는 사람의 어깨를 감싸안는 데서 느껴지는 마음의 충일감이 곧 행복이라고 나는 믿는다. 그리고 양심을 가진 자만이 진정한 행복을 누릴 수 있음을, 그것을 교실 바깥에서뿐만 아니라 교실 안에서도 배울 수 있었으면 하는 바람을 포기하지 않아야 한다고 생각한다.

내 엄마의 죽음

유진목

반송

엄마는 나를 키우는 일에 미숙한 여자였습니다

어디선가 이 글을 읽는다면 혼자서 눈물을 쏟을 지도 모르겠습니다

나의 엄마는 엄마로부터 버림받았습니다 대천의 유지였던 최진동의 네 번째 정부는 모든 일이 잘못되자 그의 부인 강청문 여사가 살고 있는 본가로 찾아가 일곱 살 난 아이를 두고 가버렸습니다 그날 흙먼지가 날리는 툇마루에 앉아서 희부옇게 사라지는 엄마를 보았습니다 엄마는 엄마가 돌아오지 않을 거라는 걸 알았다고 합니다

내가 어렸을 적에 엄마는 그 이야기를 자주 들려 주었습니다 사진첩을 넘기다가도 이게 바로 그 툇마루야 하면서 말입니다 나는 엄마가 집을 나설 때마다 사진 속의 잘 닦여진 툇마루를 떠올리곤 했습니다

엄마는 어떻게든 다시 서울로 가고 싶었습니다
엄마를 찾을 심중이었는지는 나도 모르겠습니다 고등
학교를 졸업할 때까지 잠자코 기다렸다가 지금은 이
름을 잊어버린 종로의 한 중견상사에 비서로 취직했
습니다 친구들로부터 부러움 섞인 엽서도 많이 받았
습니다 그중에 서울에서의 취직 자리를 간곡히 청하
는 편지도 있었지만 일이 잘 되지는 않았다고 합니다
엄마는 결제 서류나 계약서 따위가 든 봉투를 들고 광
화문의 거래처로 외근을 나가곤 했습니다 나는 그 시
절의 모습이 담긴 사진도 보았습니다 사진 속의 엄마
는 세련된 차림을 하고 있습니다 월급에 과분한 옷을
사들이는 일에도 주저하지 않았다고 합니다 얼마 뒤
자신이 들고 간 서류에 서명을 하던 남자와 살림을 차
리고 나를 낳았습니다 유복한 생활이 엄마를 안심시
켰고 모든 일이 잘 되리라는 믿음이 있었습니다

그러나 엄마는 나를 키우는 일에 미숙한 여자였
습니다 아빠는 모든 일이 잘못되자 종적을 감추었습
니다 나는 잠자코 기다리지 못하고 고등학교를 졸업
하기 전에 집을 나와버렸습니다

그 시절 이야기는 하지 않으려고 합니다 어릴 때

는 사소한 일에도 많이 노여웠는데 이제는 그렇지 않
습니다 언제는 살아가는 일이 싫다가도 또 언제는 살
아봐서 좋았다고 생각합니다 그러면 마치 내가 죽은
사람 같아서 웃음이 납니다 아침이면 밥을 지어 놓고
마루에 앉아 창문을 보는 일이 가장 좋습니다 함께 사
는 사람은 내가 지은 밥을 맛있게 먹습니다 모든 일이
잘 되리라는 믿음은 없습니다 다만 계속해서 살아가
보려고 합니다

엄마는 내가 제일 처음 떠나 온 주소입니다

나는 잘 지내고 있습니다

—

『연애의 책』, 삼인, 2016.

며칠 전 엄마가 죽는 꿈을 꾸었다. 이제 엄마와 내가 할 수 있는 것은 없구나 생각하니 홀가분한 마음이 들었다. 그러고는 나도 모르게 주변을 둘러보았다. 복도는 텅 비어 있었다. 지하인지 지상인지 알 수 없었다. 저 멀리 돌아드는 벽 안쪽에서 희미하게 우는 소리가 들려왔다. 불빛이 고르지 않고 자꾸만 흔들렸다. 마치 흐느끼는 게 불빛이기라도 한 것처럼. 하기사 옆에 누가 있다 해도 내가 어떤 심중인지 알아차릴 수는 없을 것이었다. 나는 벽에 기대 이제 엄마가 죽었고 내가 무엇을 해야 하는지 생각했다. 벽에 닿은 등골이 서늘했다. 어쩌면 엄마의 수첩 같은 것. 기도가 잔뜩 적힌 수첩과 밑줄이 그어진 성경 같은 것. 그 사이에 끼워진 낡은 사진들. 옷장 안의 잘 다려진 옷들. 빨래통의 옷가지들. 유통기한이 지났지만 버리지 않은 비싼 화장품들. 냉장고에 들어 있을 반찬들. 엄마는 반찬을 맛있게 만들 줄 알았다. 나는 반찬 뚜껑을 열고 그중 하나를 손가락으로 집어먹는 상상을 했다.

나는 살면서 엄마가 살아 있다는 것을 가끔씩 떠올렸다. 엄마가 아직 살아 있는데. 생각하면 난처한 기분이 들었다. 전화를 해야 할까? 그런 물음에는 오래전부터 대답하지 않고 살아왔다. 오래전이다. 나는 엄마가 어디선가부터 손에 들고 온 내 생일 케이크를 길에 집어던진 적이 있다. 거리에는 엄마와 나 말고도 사람이 아주 많았다. 혼자 남겨진 엄마가 부서진 케이크 상자를 다시 집어들었는지 모르겠다. 나는 그 길로 돌아서서 엄마로부터 최대한 멀리 왔다는 생각이 들 때까지 걸었다.

나는 엄마와 함께 지하철을 타고 가다가 말없이 혼자서 내린 적이 있다. 그때 엄마는 더 늦기 전에 무언가를 배우고 싶다는 이야기를 하고 있었다. 갑자기 왜 이럴까 싶게 목구멍이 뜨거워지면서 화가 나기 시작했다. 엄마는 계속해서 무슨 말인가를 하고 있었지만 점점 아무 소리도 들리지 않았다. 엄마는 가방에서 수첩을 꺼내고는 거기에 끼워둔 전단지를 펼쳐 보여주었다. 한 달에 87만원이라고 하더라. 그러니까 엄마는 더 늦기 전에 전문 요양사 과정을 배워 자격증을 따고 싶다고 나에게 말하는 중이었다. 둘이서 어디로 가던 중이었는지는 기억이 나지 않는다. 열차가 멈춰 서고 문이 열리기를 기다렸다가 나는 아무 말도 하지 않고 혼자서 내려버렸다.

나는 지칠 줄 모르고 계속해서 울리는 전화를 받아서 다시는 전화를 걸지 말라고 열 번이고 스무 번이고 악을 쓰고 끊은 적이 있다. 연락 없이 찾아오는 게 싫어서 사는 곳의 주소를 알리지 않기 시작한 지도 오래되었다. 처음에는 몰래 도둑 이사라도 하는 것처럼 심장이 쿵쾅거렸는데 한두 번 더 이사를 하면서는 차차 익숙해졌다. 사는 곳은 어떠냐고 물으면 괜찮다고 대답했다. 아빠는 어떤지 모르겠다. 짐작하기로 아빠는 내가 살아 있다는 것을 가끔씩 떠올리는 것 같다. 당신에게 자식이 있다는 것을 가끔씩 떠올린다고 하는 게 더 알맞을지도 모르겠다. 나는 그렇게 짐작하지만 알 수 없는 일이다. 우리는 그것에 대해 서로 이야기를 나누지는 않을 것이다. 나는 나대로 생각할 것이고 그는 그대로 심중이 있을 것이다.

장례식에는 아무도 부르지 않았다. 어쨌거나 엄마 쪽에서 사람들이 올 것이었다. 나는 검은 양복을 입은 S의 모습이 마음에 들었다. S와 나는 등나무 벤치에 앉아 담배를 피우고 이제 들어가자 하며 일어나기를 여러 번 반복했다. 인적이 드문 장례식장에는 밥 냄새가 무리를 지어 이리저리 돌아다녔다. 옆의 조문객들은 모두 붉은 고깃국을 먹고 있었다. 나는 언제인지 정확히 그 순간을 떠올릴 수는 없지만 오래전에 생각해둔 대로 맑은 고깃국을 준비했다. 누구든 배가 고프면 아무 때고 앉아서 밥을 먹을 수 있었다.

아빠는 어디에 있는지 알 수 없었다. 이미 죽었는지도 몰랐다. 아빠는 늘 그런 식이었다. 있는 것도 아니고 없는 것도 아닌 사람. 무언가 중요한 이야기를 할 것 같으면 딴청을 피우며 알 수 없는 농담을 하는 사람. 허풍이 심하고 그래서 귀담아듣지 않으면 무시를 당했다며 화를 내는 사람. 그마저도 이제는 어디에 있는지 알 수 없는 사람. 내가 가진 사진은 모두 젊고 지금은 한참 늙었을 사람. 길 가다 마주치면 못 알아볼지도 몰라. 나는 대수롭지 않다는 듯이 말했지만 그런 말을 입 밖에 낼 때 속으로는 화가 나 있다는 것 정도는 알고 있다. S는 그러지 않을 거라고 분명히 알아볼 수 있을 거라고 했다. 그럼 나는 모른 척하고 지나갈래. S는 나를 보며 무척이나 나답다는 표정으로 웃었지만 그러면 못 쓴다고 속 모르는 소리를 굳이 할 때도 있다.

오래전만 해도 나에게 아빠가 필요한 적이 있었다. 누구에게나 그런 순간들이 있는 것처럼 나에게도 아빠가 필요한 순간들이 아주 많이 있었다. 그럴 때마다 나는 아빠가 어디에 있는지 알 수 없었다. 그래서 차츰 아빠를 필요로 하지 않는 법을 익혀야 했다. 아빠 대신 다른 것과 함께 나의 삶을 극복해나간 지 오래되었다. 오래전이다. 이제 다 지나간 일이라는 얘기다. 시간을 되돌릴 수도 관계를 달리 바꿀 수도 없다. 내 삶의 사소하고 중요한 순간들에서 아빠를 떠올리는 일은 이제 없다.

엄마를 아는 사람들은 한 명씩 혹은 여럿이 조문을 왔다. 나는 그들이 누구인지 알 수 없었다. 듣던 대로 참 예쁜 딸이네. 엄마를 아는 사람들은 나를 보면 언제나 같은 말을 한다. 엄마는 내가 예뻤구나. 이제 세상에 없는 한 여자가 나를 이 세상에 있게 했다는 사실이 꿈에서도 나를 슬프게 했다.

　엄마가 살아 있다는 것을 가끔씩만 떠올리게 되면서 나는 어떻게 하면 행복하게 살 수 있을까 하는 생각을 정말로 많이 했다. 나는 세상에 무지한 사람처럼 행복하게 살고 싶었다. 돈이 없어도 행복하고 집이 형편없어도 행복하고 재능이 없어도 행복하고 아무도 나를 모르고 모두가 나를 별거 아니라 여겨도 행복하고 싶었다. 무조건. 나는 무조건 행복하게 살고 싶었다. 하지만 나는 돈이 없어서 겁을 잔뜩 먹었고 집이 너무 형편없어서 생활이라는 것을 도무지 좋아할 수가 없었다. 아무도 나를 모르는 것은 괜찮았는데 나를 별거 아니라 여기는 것은 두고두고 잊혀지지 않았다. 혼자 있는 사람에게 재능 같은 것은 있으나 없으나 별반 소용이 없어 보였다.

　그래도 내가 원래 있던 곳으로는 돌아가고 싶지 않았다. 내가 이제껏 살던 삶이 다시 내 앞에 이어지도록 하고 싶지 않았다. 나는 나대로 내가 정한 방식대로 행복하게 살고 싶었다. 내가 누구인지를 생각하고 내가 아닌 것을 알아내고 내가 원하는 것을 처음부터 다시 알아보고 싶었다. 내가 무언가를 하고 싶을 때 그것을 할 수 있는 능력이 내게 없다는 것을 알고 스스로 포기하고 싶었다. 가족이라는 이유는 더 이상 갖고 싶지 않았다. 엄마가 아니었다면 교회에서 보냈던 그 긴 어린 시절을 나는 전혀 다르게 보냈을 것이다. 나 자신이 죄라는 것을 고백하는 대신에 내가 꿈꾸는 것을 고백했을 것이다. 대체 신에게 내가 무얼 잘못했기에?

세상에는 가난해서 생겨나는 일들이 있는데 그런 일들을 나는 비교적 또렷하게 기억하고 있다. 한때 아빠의 사업이 번창해 2층짜리 집의 한 층을 나 혼자 쓴 적이 있었다. 그 시절은 기억이 아니라 어딘지 불분명하고 텅 빈 기분으로 남아 있다. 열몇 살 아이의 물건이랄 것이 그리 많지 않았을 것이고, 내가 쓰던 2층에는 집에서 잘 쓰지 않는 물건이나 회사의 로고가 인쇄된 박스들이 올라와 덩그러니 놓여 있었다. 지금 돌이켜 생각해보면 어쩐지 남의 집에 있는 듯한 기분으로 지냈던 것 같다. 2층 거실에는 커다란 원형 테이블이 있어 방과 후에 함께 온 친구들과 동그랗게 둘러 앉아 숙제를 하거나 간식을 먹곤 했다. 나는 그런 오후를 간절히 바라면서도 친구들이 와 있을 때는 조마조마한 기분으로 그 몇 시간을 보내곤 했다. 발소리가 쿵쿵 울리거나 말소리가 아래층으로 내려가면 엄마에게 불려갔기 때문이다. 조용히 걸어다니라고 말해라. 엄마는 그렇게 말했지만 친구들에게 그 말을 전한 적은 한 번도 없다. 그런 말을 했다가는 친구들이 다시는 오지 않을 것이기 때문이었다.

　기억이라든가 기분은 나로부터 생겨나는 것이지만 상당 부분 어른이 전해주는 것이기도 하다. 그 어른은 어쨌거나 내게 가장 가까운 위치에 있는 부모일 경우가 많다. 성인이 돼 독립하기 전까지 나는 날마다 부모의 기분이 내게 전해지는 것을 고스란히 느끼며 살았다. 그리고 부모의 기분은 곧 나의 기분이 되곤 했다. 이층집에 살았던 몇 년을 제외하고 대체로 가난했던 나는 가난해서 집에 혼자 있었다. 엄마는 밖에서 일하거나 교회에 가 있었다. 아빠는 어디에 있는지 알 수 없었다. 그런데 그게 그렇게 불행하지는 않았다. 혼자인 나는 타인의 기분에 짓눌리지 않고 내가 원하는 대로 시간을 보낼 수 있었다.

　그때 나는 사업의 실패로 도망치듯 떠나온 이층집에서 전리품처럼 가져온 독일제 고급 전축으로 엘피를 들으며 혜원출판사의 혜원세계문학 시리즈를 읽었다. 하지만 원하는 대로 책을 사서 읽을 수는 없어서 가지고 있던 몇 권의 책을 번갈아 수도 없이 반복해 읽었다. 그러다 정 새로운 책이 읽고 싶을 때는 서점에 가 한참 서서 읽다 돌아오거나 국어 선생님에게 받아 읽었다. 선생님은 내가 책을 좋아하는 것을 알고 이런저런 책들을 가져다주셨다. 꼭 돌려주지 않아도 된다고 하셨지만 나는 다 읽고 나면 돌려드렸다. 그래야 그다음에 읽고 싶은 책을 말하는 마음이 불편하지 않았다. 책을 한번 갖고 나면 책이라는 것이 읽고 싶은 것이 아니라 갖고 싶은 것이 될 것이었다. 선생님을 따라 야외 백일장에 나간 적도 있었는데 내가 거기서 무슨 글을 썼는지는 아무리 생각해봐도 기억나지 않는다.

집에 오면 가끔씩 내 책상 위에 누군가 풀었던 문제집들이 놓여 있곤 했다. 지금 생각해보면 엄마가 교회에서 가져온 것들이 아닌가 싶다. 나는 칸에 적힌 답들을 지우는 것으로 문제집 풀이를 시작했다. 시험도 곧잘 봤다. 학부모 면담에 부모님을 데려오지 않아서 담임에게 맞았던 일도 기억난다. 데려올 때까지 때리겠다고 해서 여러 날에 걸쳐 여러 번 맞았다. 나중에는 교무실에 있던 선생님들이 담임의 양 팔을 붙잡고 말리기도 했다. 내가 왈칵 부풀어 오른 뺨으로 씩씩대며 노려보자 담임은 있는 힘껏 나에게 달려들었다.

수업을 마치고 친구들이 롯데리아에 갈 때면 나도 같이 가고 싶을 때가 있었지만 그럴 만큼의 돈이 없었다. 한번은 친구들과 어울리고 싶은 마음에 아무것도 시키지 않고 그저 앉아 있었던 적이 있는데 그 뒤로 절대로 그런 일은 하지 않았다. 그 일로 나에게 돈이란 '없으면 어떤 일을 경험할 수 없는 것'이라는 개념이 어렴풋이 생겨난 것 같다. 지금의 내가 돈과 경험을 맞바꾸는 것에 전혀 주저함이 없는 것을 보면 아무래도 맞을 것이다. 그때부터 나는 학교를 마치면 아무도 없는 집에 와 냉장고에 있는 것들을 꺼내 먹고 책상에 앉아 몇 시간이고 문제집을 풀었다. 그리고 마침내 전축에 음반을 걸고 흔들의자에 앉아(흔들의자 역시 전리품 중 하나였다) 책을 읽는 저녁이 오면 짜릿했다. 책은 내가 사는 세상 말고 다른 세상들로 가는 유일한 통로였다. 혼자 있으니 누구의 눈치를 볼 필요도 없었다. 심지어 책 속의 세상에는 내가 없었다. 나는 그게 무엇보다 좋았다.

그날 S와 나는 단둘이 마주앉아 일회용 종이그릇에 담긴 밥을 먹었다. 새벽이었을 것이다. 드문드문 앉아 있던 사람들은 모두 사라지고 검은 양복을 입은 S와 상주인 나만 넓은 방에 남아 있었다. 낯선 여행지에서 장사를 마치려는 식당에 들어와 운 좋게 마지막 식사를 얻어낸 것 같은 묘한 기분이 있었는데 그런 걸 내색하지는 않았다. 나는 한쪽 다리를 뻗어서 발바닥의 움푹 패인 곳을 S의 무릎에 대었다. 그의 손은 내 발등을 덮고도 남았다. 그러면 어디서든 나는 안심이 되었다. 우리는 맑은 고깃국에 밥을 말아서 아무 말도 않고 먹었다. 방 어디선가 어렴풋이 코 고는 소리가 들렸다. 나는 그게 S가 낸 소리였을 거라고 생각한다. S는 깊은 잠에 들었을 때 입술을 푸우푸우 하고 부딪히며 숨을 쉬거나 가끔씩 아주 크게 코를 곤다. 나는 매일 갖은 노력을 해야 겨우 잠드는 편이라 잠을 아주 잘 자는 S가 생소하고 부러울 때가 있다. 나는 베개에 머리를 대면 곧장 잠들 수 있어. 우리가 한집에 산 지 얼마 되지 않았을 때 S가 그랬다. 해봐. 보여줘. 나는 S가 곧장 잠드는 모습을 보려고 기다렸다. S는 정말 잠드는가 싶더니 이내 웃음을 터뜨렸다.

엄마는 내가 결혼했다는 것을 알았을 때 핸드폰 메시지 창을 열고 "사랑하는 딸 결혼 축하한다"고 적어 보냈다. 그전에 통화 버튼을 누르려고 했는지 나는 모른다. 그건 엄마만 아는 순간이고 나는 알 수 없는 그 순간이 더없이 슬플 때가 있다. 하지만 우리가 그것에 대해 서로 이야기를 나누는 순간은 오지 않을 것이다. 사랑한다는 말도 미워한다는 말도 더는 하지 않을 것이다. 나는 며칠이 지나서야 고맙다고 답장을 보냈다. 고마워. 지나치게 짧은 답이었다. S와 결혼한 지 이 년쯤 지났을 때였다.

이 년 전 우리는 서로의 지인들에게 앞으로 우리가 함께 살 것임을 알린 뒤 둘이서 여행을 다녀왔다. 같이 산 지 역시 이 년쯤 지났을 때였다. 많은 축하와 선물들이 우리 두 사람의 결정을 응원해주었다. 멀리 있는 이들은 여행비를 보태고 싶다고도 했지만 정중히 사양했다. 나는 S와 여행을 떠나는 일이 몹시 기대되었다. 마침 인세가 넉

넉히 들어와서 여행 끄트머리의 며칠은 S 모르게 아주 근사한 숙소로 예약했다. 우리는 비행기를 다섯 번 타야 했고, 장거리 버스도 두 번 타야 했다. 내가 그다지 무서워하지만 않는다면 작은 배를 타고 강을 따라 다른 마을로 이동해 며칠쯤 묵을 수도 있었다. 배낭 두 개에 이런저런 물건들을 챙기다 문득 엄마 생각이 났다. 엄마는 신혼여행을 어디로 갔다고 했지? 아무리 생각해도 기억나지 않았다. 애초에 들은 적이 없는지도 몰랐다. 딸을 낳았다며 할머니가 미역국이 담긴 그릇을 방바닥에 던져주었다는 이야기는 여러 번 들었다. 엄마는 그게 정말 서러웠는지 나에게 여러 번 이야기하곤 했다. 그래서 검고 미끌한 미역이 바닥으로 넘쳤을까? 그랬다면 그건 누가 치웠을까? 엄마였을까? 나는 엄마에게 전화를 해야 할까?

함께 사는 사람들이 큰 병에 걸리거나 지금은 알 수 없지만 살면서 일어날 수 있는 여러 가지 일로 서로의 보호자가 되어야 할 때 지금으로서 택할 수 있는 거의 유일한 선택지는 결혼 제도를 이용하는 것이다. S와 나는 그래서 구청에 가 혼인 신고를 하고 법적 부부가 되었다. 서로의 보호자가 되기 위해서. 누구든 병원에 갈 일이 생기면 보호자란에 서명을 할 수 있기 위해서.

결혼이라는 것이 해야 할 일이 많은 제법 큰일인 것 같지만 전혀 그렇지 않다. 그저 한 장의 서류를 준비하고 빈 칸을 채우면 되는 것이다. 우리 두 사람을 처음부터 지켜본 지인들에게 증인이 되어줄 것을 청한 뒤 서명을 받고, S와 나도 각자의 이름이 적혀 있는 칸에 서명을 했다. 구청 입 구에는 노인 일자리 마련의 일환으로 고령자 분들이 근무 하는 카페테리아가 있었다. 우리는 거기서 뜨거운 커피를 한 잔씩 사서 마셨다. 커피가 어찌나 싱겁던지 숭늉처럼 후후 불어 마시던 그 맛이 아직도 기억이 난다. 겨울이었 고, 주차장에는 빈 자리가 없어 진행 방향을 따라 천천히 맴도는 몇 대의 차가 있었다.

사실 간단하다고는 했지만 그건 S가 남자고 내가 여자 이기 때문이다. S와 내가 여자이거나 S와 내가 남자인 경 우에는 전혀 간단하지 않다. 현재의 결혼 제도로 구성되는 가족 말고 전혀 다른 형태의 구성원들이 함께 살아가며 사 회 구성원이 되는 법적 제도는 지금 한국 사회에 없다. 결 국 함께 살며 서로의 곁을 지키고 돌보는 수많은 사람들이 사회 구성원으로서의 법적 테두리 안에서 보호를 받거나 혜택을 누리지 못하고 있다는 것이다. 이는 무엇보다 가슴 아픈 일이며 생각하면 마음 저 밑바닥에서부터 분노가 차 오른다. 구청에 가 서류에 사인을 하면 간단히 할 수 있는 일을 어떤 사람은 할 수조차 없다는 것에 사람들은 가슴 아플 줄 알아야 한다. 다양한 삶을 꾸릴 수 없도록 법으로

규제하고 혐오를 조장할 때 가장 먼저는 가슴이라도 아플 줄 알아야 한다. 분노는 그 이후다. 하지만 분노하는 사람보다 분노하지 않는 사람들이 더 많다는 것을 나는 잘 알고 있다. 분노는커녕 아예 관심조차 없는 사람들이 세상에는 더 많이 있다. 모두가 당연하다고 생각하는 것이 당연하지 않다는 것을 아는 사람은 정말이지 말도 안 되게 적다. 세상을 살다 보면 깜짝 놀라 나자빠질 만큼 적다는 것을 알게 될 것이다.

그래서 나는 스스로 소수자가 되는 일에 대해 생각한다. 소수자가 된다는 것은 다른 많은 사람들과는 전혀 다른 삶을 살아가게 된다는 것이다. 혼자서. 혹은 둘이서. 혹은 셋이서. 거기에는 외면과 편견과 간섭과 혐오가 뒤따른다. 많은 사람들과 다른 나 자신의 모습 그대로 세상에 나아가는 일은 그래서 중요하다. 온갖 외면과 편견과 간섭과 혐오를 세상에 드러나게 하는 일이기 때문이다. 나는 그것들이 나로 인해 그 흉물스러운 모습을 드러내고 서로 한데 모여 썩어 문드러지는 모습을 본다. 그래서인지도 모른다. 지금 이 글을 쓰고 있는 것은. 살다 보면 아무에게도 하고 싶지 않은 이야기가 있는데도 말이다.

나는 S와 살면서 내가 살아가는 일을 좋아한다는 것을 처음 알게 되었다. 나는 S가 있는 내 삶을 좋아하고 있다. 하지만 S가 없는 내 삶은 무섭다. 나는 내가 혼자서 있던 시간이 무섭다. 가진 것이 없는 사람에게 세상은 무서운 것이다. 돌아갈 곳이 없는 사람에게도 세상은 무서운 것이다. 가진 것이 없는 사람들은 세상이 무섭다는 이야기를 할 기회조차 갖지 못한다. 그래서 가차 없고 잔인하고 혹독한 세상은 이야기조차 되지 못한다. 많은 사람들은 그 사실을 모르는 척한다. 나는 내가 혼자서 있던 시간이 무섭다. 닫혀 있는 문과 나만 아는 순간들이, 창밖을 지나가는 모르는 사람들의 실루엣이 무섭다. 나는 내가 혼자 있어도 괜찮을 때까지 S가 나와 함께 있었으면 좋겠다고 생각한다. 나는 S가 죽어도 좋을 때까지 내 옆에 살아 있었으면 좋겠다고 생각한다.

요즘 들어 S는 부쩍 나에게 엄마 이야기를 묻는다. 만나서 밥이라도 먹으면 어때. 나는 무심하게 넘길 때도 있고 심하게 짜증을 낼 때도 있다. 나중에. 지금 말고. 나중에. 그러면 한동안 엄마에 대해서는 아무것도 묻지 않는다. 전화를 해야 할까? 나는 가끔씩 나에게 엄마 이야기를 묻는다. 대답은 한결같다. 나중에. 지금 말고. 나중에. 그리고 며칠 전 엄마가 죽는 꿈을 꾸었다.

내가 아무도 속이지 않고 말할 수 있는 게 있다면 그것은 여기까지다. 나는 그렇게 이 세상에 나를 있게 한 사람들과 스스로 멀어졌다. 오랜 시간이 걸리는 일이었다. 그 일에 오랜 시간이 필요했기에 나는 긴 시절을 슬픔 가운데 있었다. 무엇보다 내가 스스로 멀어지기로 결정했다는 것 때문에 오랫동안 힘이 들었다. 아주 나중에 내가 나를 용서하지 못할까 봐 겁이 났다. 하지만 내 결정을 돌이키지는 않았다. 나는 내 삶을 살고 싶었다. 그뿐이었다. 내가 원하는 삶을 살고 싶을 뿐이었다. 나는 나대로 괜찮은 사람이고, 설령 가족이라 해도 타인으로 인해 내가 살고 싶은 삶에 대해 죄책감을 느끼며 살고 싶지 않았다. 이렇게 쓰고 있자니 이 모든 것이 아주 먼 옛날의 일들처럼 여겨진다.

나는 사람으로 태어나 이 땅에 살아봐서 좋았다고 생각한다. 마치 금방이라도 죽을 사람처럼. 당장 마지막 숨이 내 몸에서 빠져나갈 것처럼. 아니 벌써 오래전에 죽은 사람처럼 나는 생각한다. 그리고 가끔은 이 삶을 단숨에 끝내버리고 싶다. 하지만 S는 나의 죽음이 절대로 홀가분하지 않을 것이고 그런 S에게 나는 무한한 책임감을 느끼고 있다. 나는 살아 있어야 한다. 그럼에도 가끔씩 이 삶을 끝내버리고 싶을 때 내가 하는 일은 내가 아직 가보지 못한 낯선 장소와 내가 한 번도 본 적이 없는 아주 커다란 나무들, 나와 전혀 다른 말을 하고 생김새가 완전히 다른 사람들을 상상하는 것이다. 내가 한 번도 먹어본 적 없는 음식들과 냄새를 떠올리다가 죽기 전에 꼭 먹어봐야지 하고 생각하는 것이다. 그러다 S와 내가 함께 가보았던 수많은 낯선 장소들을 떠올린다. 내가 S를 사랑하게 될지도 모르겠다고 생각했던 순간, 방으로 이어지는 숙소의 어둡고 긴 복도, 어디선가 나를 향해 갑자기 불어오던 바람, 멀리서 반짝이던 수평선, 종아리에서 떨어지지 않던 하얀 모래들, 파리들이 윙윙 날아다니던 시장의 비린 냄새, 흙먼지가 부풀어오르는 변방의 정거장, 방향을 알 수 없는 표지판들, 문 닫은 식료품 상점들, 해가 지는 광장의 푹푹 찌는 열기, 마차가 지나가는 새벽의 로터리……. 삶을 끝내고 싶을 때면 나는 그렇게 생각이 닿는 대로 세상의 온갖 장소들을 걷기 시작한다. 앞서 걷던 저편의 내가 문득 이편의 나를 돌아볼 때까지 나는 계속해서 걸어가는 나를 바라보는 일을 멈추지 않는다.

3부

꿈

매일 밤 운동장

임솔아

두꺼비와 나

돌들이 일제히 쏘아보는 게 좋아서
밤마다 자갈밭 벤치에 앉아 있습니다.

눈알만 번쩍거리는 건
나도 마찬가지입니다.

나는 움직이지 않습니다.
다른 그림자 하나도 저기서
움직이지 않습니다.

힘껏 돌을 던집니다.
맞아도 꿈쩍 않는 게 좋아서 더 큰 것을
기어이 던집니다.

우리는 종이컵 전화를 하는
쌍둥이자리 같습니다.

삼백 살 먹은 은행나무 한 쌍이

흙탕물을 할짝할짝 나눠 마시고 있습니다.

굶주린 고라니 두 마리가 마을로 내려옵니다.
폭죽처럼 총성이 퍼져갑니다.
총성을 고라니들이 국물처럼

따뜻하게 얻어먹고 있습니다.
얼금뱅이 구름 그림자가
이곳에 얼굴을 내려놓습니다.

두꺼비 무늬를 성홍열처럼
모두가 나눠 가집니다.

내가 많아지는 게 좋아서
기어이 나는 커다래집니다.

—

『괴괴한 날씨와 착한 사람들』, 문학과지성사, 2017.

임
솔
아

그때 나는 침대에서 일어났다. 매일 그랬다. 행거에 걸려 있는 카디건을 챙겨 입었다. 주머니에 동전 몇 개를 넣었다. 슬리퍼를 신고서 집을 나왔다.

일층까지 내려오면 자그마한 해바라기 밭이 보였다. 그땐 해바라기가 없었다. 초봄이었으니까. 여름 밤마다 해바라기들은 일제히 가로등을 쳐다보았다. 내 귀가가 늦어질 때면 내 부모는 그곳에 서서 가로등을 켜왔다. 그해 여름에도 해바라기는 미친 듯한 속도로 자라날 거였다. 밤새도록 가로등을 쳐다보다가 겨울이 되기 전에 다 죽을 거였다. 나는 가로등으로 걸어갔다. 가로등에 달려 있는 박스를 열고 수동 스위치를 아래로 내렸다. 가로등이 꺼졌다.

해바라기 밭을 등지고 서면 회덕 빌라가 있었다. 3층에는 효진이가 살았다. 나와 효진이는 같은 초중고를 다녔다. 중학교 2학년 때까지는 아침마다 효진이 집에 갔다. 효진이네 초인종을 누르면 효진이 엄마가 문을 열어주었다. 효진이는 잠옷 차림으로 아침을 먹고 있었다. 효진이 엄마는 등교하는 딸과 출근하는 남편을 배웅했다. 효진이와 효진이 아버지 볼에 차례대로 입을 맞추었다. 우리 가족 사랑해 잘 다녀와. 엄마 아빠 사랑해요 학교 다녀오겠습니다. 같은 인사를 매일 주고받으며 서로에게 손을 흔들었다. 비슷한 모양의 미소가 세 사람의 얼굴에 가득했다. 과장되어 있는 것처럼 보였다. 연극적인 구석이 있었다.

학교에서도 아무것도 아닌 일에 효진이는 웃음을 터뜨렸다. 청소년 공익광고에 나오는 청소년을 흉내 내는 것 같았다. 나는 중학교 3학년이 되면서부터 효진이 집에 가지 않았다. 언젠가부터는 학교에서 마주쳐도 효진이와 인사하지 않았다. 감정이 상해서는 아니었다. 매일매일 서로를 기이하게 생각해왔다는 것을 각자가 눈치챘을 뿐이었다. 사춘기의 삐딱한 시선이나 고독을 내가 연기하고 있다고 효진이 또한 느꼈을지 몰랐다. 밤 열두 시에 집을 나와 슬리퍼를 질질 끌며 걸어다니는 것이 나의 연극이라면, 매일 밤 자기 방에서 프릴 잠옷을 입고서 곤히 잠들어 있는 것은 효진이의 연극이었다. 그런 것이 연극이라면, 나만큼이나 효진이도 천연덕스럽게 연극을 하고 있었다.

효진이 집을 지나치면 줄 한쪽이 끊어진 그네와 물이 나오지 않는 약수터가 있었다. 약수터 앞에는 우물터가 있었다. 우물터라지만 동그란 맨홀 뚜껑 하나가 놓여 있을 뿐이었다. 그 뚜껑을 밟지 말라고 엄마는 말했다. 우물을 그대로 둔 채 뚜껑만 대충 덮어놓은 거여서 빠질지도 모른다고 했다. 나는 일부러 맨홀 뚜껑을 밟고 지나갔다. 그 위에서 점프도 했다. 내 발소리가 텅텅 울렸다. 그 자리에서만 내 발소리는 크게 공명됐다.

우물터를 지나치면 신애 집이 있었다. 신애 집을 지나치면 자영이 집이 있었다. 이제는 인사하지 않는 친구들이다. 불이 켜져 있을 때면 그 앞에 멈춰 섰다. 목소리가 들려오거나 실루엣이 보이기도 했다. 나는 쉽게 알아차렸다. 누구의 목소리이고 실루엣인지. 내 옛 친구인지 친구의 형제인지. 부모인지. 자영이 집 창문까지 깜깜해지면 다시 걸었다. 버스 노선을 따라가면 금세 마을 외곽으로 빠져나왔다. 휑뎅그렁한 평지에 이가촌 가든과 두리 예식장이 있었다. 두레마을 아파트 공사장이 있었다. 그것 말고는 아무것도 없었다.

세 번째 정류장에서 오른쪽으로 꺾으면 가파른 언덕과 다른 마을이 나왔다. 문구점과 철물점. 만화방과 PC방. 세탁소와 이발소가 다닥다닥 붙어 있었다. PC방에서는 애향이 엄마가 아르바이트를 했고, 세탁소는 보화 언니 부모님이, 슈퍼는 준표 오빠 할머니가 운영했다. 부모들은 자식들의 말에 따르면 천사거나 개새끼였다. 그들의 자식들도 천사거나 개새끼였던 셈이지만, 부모들은 그 사실을 믿지 않았다. 개새끼가 운영한다는 가게든 천사가 운영한다는 가게든 불 꺼진 가게들은 비슷비슷해 보였다.

언덕 꼭대기까지 올라가면 도로가 나왔다. 도로를 중심으로 왼쪽은 마을, 오른쪽은 산이었다. 산의 반을 깎아서 마을을 만들었다. 그 산 중턱에 학교 후문이 있었다. 말만 후문이고 문은 없었다. 담장 한 귀퉁이가 무너진 곳을 우리들은 후문이라 말했다. 나는 후문을 통해 학교 안으로 들어갔다.

　새벽 한 시가 넘어가고 있었다. 나는 운동장을 사선으로 가로질렀다. 멀리 은행나무 두 그루가 보였다. 나무 아래 자판기가 켜져 있었다. 나는 자판기에 동전을 넣었다. 종이컵을 꺼내어 자판기 옆 벤치에 앉았다. 온 동네 가로등이 일시에 꺼질 때까지. 나는 그곳에 가만히 있었다.

　자판기 때문이라고 했다. 동전을 넣으면 담장처럼 더 환해졌다. 자판기 속에 손을 넣으면 컵이 잡혔고, 컵은 사람의 손처럼 따뜻했다. 커피를 마시면서 앉아 있었다. 커피를 다 마시고 나서도 앉아 있었다. 나는 그렇게 엄마에게 말했다.

　보일러실 쌀통 뒤. 옆 동네 아파트 옥상 계단. 학교의 방송실 안 자재 창고. 상담실 옆 화장실. 학원 뒤쪽 농구대. 서대전사거리 교보문고의 오후 네 시. 나는 사람이 없는 곳을 찾았다. 아무도 찾지 않아서 그 공간은 내 공간처럼 느껴졌다. 아무도 찾지 않아서 내가 나처럼 느껴졌다. 그래서 그곳에 가게 된 것뿐이었다. 나는 그렇게 언니에게 말했다.

　은행나무 때문이라고도 했다. 오래 산 은행나무 두 그루가 거기에서 계속 오래오래 살고 있었다. 나뭇가지를 세는 동안 나뭇가지가 점점 늘어났다. 나뭇가지를 다시 세려고 밤마다 집을 나와 그곳에 걸어갔다. 나는 그렇게 아빠에게 말했다.

가족 때문이었다고도 했다. 친구 때문이었다고도 했다. 계절 때문이었다고도 했다. 우울증이나 불면증, 외로움이나 그리움 때문이었다고도 했다. 심심함이나 무료함 때문이었다고도 했다. 왜 그 시간에 거기에 있었는지를 답해야 할 때마다 이유가 달라졌다. 나는 내 앞에 앉아 있는 사람을 살폈다. 그 사람이 가족을 좋아하면 가족 이야기를 했다. 감정을 기대하면 감정을 이야기했다. 왜라고 물었던 사람이 또다시 왜라고 물어보지 않을 만한 대답을 골라 말했다. 어떤 대답도 거짓은 아니었지만 어떤 대답도 진실이 아니었다. 나는 그곳을 이유가 있어서 찾아가지 않았다.

나무도 운동장도 학교도 까맸다. 벤치에 앉아서 교실에 하나씩 불을 켜보는 날도 있었다. 1학년 4반에 불을 켰다. 창가 책상에 내가 앉아 있었다. 창밖을 쳐다보고 있었다. 주머니 속 라이터를 만지작거리고 있었다. 담배를 피워서는 아니고, 남몰래 라이터를 갖고 있으면 종일 말 한마디 하지 않더라도 하루가 덜 지겹기 때문이었다. 너무 지겨운 날에는 책상에 앉은 채로 주머니 속에서 라이터를 켜보기도 했다. 찰칵. 찰나의 순간이어서 교복에 불이 붙지는 않았다. 불빛이 교복 섬유 사이사이를 뚫고 나왔다. 내 옆구리에서 불빛이 터지는 것 같았다. 나는 주변을 둘러보았다. 아무도 알아채지 못했다. 그게 좋았다.

방송실 불을 켰다. 안쪽 자재 창고에 내가 있었다. 어째서 내가 방송반이 되었는지는 나도 알지 못했다. 방송반 담당 선생이 찾아와 네가 키가 크니까 방송반을 하라고 말했다는 것만 기억했다. 점심시간마다 스피커에서 흘러나오는 식상한 노래를 바꿔 틀 수 있을 거라 생각했다. 거리의 시인들이라는 힙합 그룹의 노래였는데, "야야야야야 야야야야야, 너 까불래, 맞을래"라는 가사가 무한히 반복되었다. 그 노래는 아무도 좋아하지 않았다. 점심시간마다 듣다 보니 너도나도 숟가락을 입에 물고 따라 부르고 있었다. 방송반이 되었어도 그 노래는 바꿀 수 없었다.

2학년 4반 불을 켰다. 창가 책상에 내가 앉아 있었다. 교과서를 펼쳐놓고 교과서 밑에 노트를 숨겨두고서 교환일기를 썼다. 교환일기 같은 건 유치하다고 말해왔으면서, 교환일기를 쓰는 게 기뻐서 어쩔 줄을 몰라 했다. 사탕 껍질이나 꽃잎 같은 것들을 붙여가며 교환일기를 꾸몄던 친구들의 솜씨를 부러워했다. 알록달록 열심히 색칠을 할수록 어딘가 많이 부족해 보였다. 교환일기는 보름을 넘기지 못했다. 유행이 지나가고 러브장의 유행이 시작됐다. 나는 혼자서 교환일기를 썼다. 검은 글씨만이 빼곡해졌다. 교환일기는 내 일기장이 되었다.

상담실 불을 켰다. 내가 무릎을 꿇고 앉아 있었다. 어째서 내가 상담실에 오게 되었는지는 나도 알지 못했다. 등교 시간마다 정문을 지키고 있던 학생주임이 네가 키가 크니까 편지를 써오라고 말했다는 것만 기억했다. 무작위로 학생들을 잡아내 자신에게 편지를 써오라고 시킨다는 것은 나중에야 알았다. 편지를 쓰라는 것이 부당하다는 내용의 편지를 썼다. 그 후로 청소 시간마다 상담실에 가게 되었다. 학생주임은 나를 아낀다고 했고, 나를 때렸고, 나를 뒤에서 껴안았다.

내가 앉아 있는 벤치 옆자리에도 내가 있었다. 나는 나를 쉽게 알아차릴 수 있었다. 불 켜진 친구의 집을 쳐다보듯이. 친구의 실루엣을 쉽게 알아채듯이. 그건 나라기보다 연락이 끊어져버린 친구인 것 같았다. 불을 모두 끄면 아무도 없었다. 텅 빈 학교와 텅 빈 운동장. 은행나무 아래에 나 혼자 있었다.

그곳에서 가장 시끄러운 것은 나뭇가지였다. 나뭇가지들이 서로 부딪치는 소리가 쉴 새 없이 들렸다. 머리 위의 나뭇가지들을 보았다. 학교 너머를 보았다. 학교 너머에는 산이 있었다. 나무들도 있었다. 나뭇가지 흔들리는 소리가 산을 메우고 있었지만 나무들은 보이지 않았다. 드문드문 하얀 벚나무만 귀신처럼 보였다. 벚나무에서 꽃잎들이 펄펄 쏟아졌다. 그렇게나 많은 꽃잎들이 떨어지는데 그렇게나 많은 꽃잎들이 아직도 그곳에 있었다.

고개를 들고 별들을 보다가 고개를 숙이고 돌들을 보

왔다. 자갈밭의 돌멩이들이 어둠 속에서 반짝였다. 뾰족한 돌 하나를 주워서 주머니에 넣었다. 그 돌이 따뜻해질까 봐 다시 원래 자리에 돌려놓았다.

벤치에서 일어나 운동장을 빙글빙글 돌았다. 우뚝 멈춰 서서 점프도 해보았다. 우물 맨홀 뚜껑 위를 걸을 때처럼 내 발소리가 운동장에 텅텅 울렸다. 동그란 운동장이 커다란 우물처럼 느껴졌다.

가끔은 벤치에 누워 잠이 들었다. 가랑비가 내렸다. 잠에서 깼을 때 돌들은 젖어 있었다. 운동장 여기저기에 자그마한 물웅덩이가 생겼다. 빗소리가 사방에서 들려왔다. 수천 개의 물방울이 어딘가에 부딪혀 내는 소리를 나뭇가지들이 환호하고 있었다. 나는 추웠다. 집에 가고 싶다는 생각이 들었다. 따뜻한 물로 샤워를 하고 두꺼운 솜이불 속으로 들어가 잠을 자고 싶었다. 이제 여기에 오지 말까 하는 생각과 함께 조금 더 기다리고 싶다고 생각했다. 대체 무엇을 기다린다는 거였을까.

이후로도 나는 매일 밤 그 자리에 앉아 있었다. 기다리고 있다는 것을 그때는 인식했다. 내가 기다리고 있는 것이 도대체 무엇인지는 알지 못했다.

한자리에 앉은 채로 겨울이 지나갔다. 봄이 지나갔다. 몇 개월이었지만 그 시간들을 시계의 시간으로는 측정할 수 없다. 팬지와 금잔화가 피고 졌다. 벚꽃이 피고 졌다. 개구리가 울다 말았다. 장미가 피었다. 나는 그것들을 지켜보았다. 그리고 나는 만날 수 있었다.

그것은 새까맣고 커다랗고 울퉁불퉁했다. 나무 아래에 저런 돌덩이가 있었던가. 나는 조심조심 다가갔다. 돌의 두 눈이 번쩍였다. 퉁퉁한 앞다리로 자기 배를 받친 채로 두꺼비 한 마리가 나를 쳐다보았다. 두꺼비는 움직이지 않았다. 나는 두꺼비 옆쪽으로 다가갔다. 두꺼비가 고개를 돌렸다. 내가 움직일 때마다 두꺼비는 나를 따라 고개를 돌렸다. 그 두꺼비가 길을 잃었을지도 모른다는 생각이 들었다. 내가 가만히 있으면 두꺼비가 내게서 눈을 거둘 거라 생각했다. 그리고 제 갈 길을 갈 것 같았다. 두꺼비가 떠날 때까지 두꺼비를 지켜보기로 했다. 바람이 불었고 시간이 흘렀다. 두꺼비는 가만히 있었다. 나도 가만히 있었다. 우리는 눈싸움을 하는 것처럼 오래도록 마주보았다.

몇 시간이나 지났을까. 나는 작은 돌멩이를 주워들었다. 두꺼비 앞쪽으로 던졌다.

"집에 가."

두꺼비는 움직이지 않았다. 나는 두꺼비에게 더 가까이 돌을 던졌다. 두꺼비는 움직이지 않았다. 더 큰 돌을 던졌다. 더 큰 돌보다 더 큰 돌을 던졌다. 나중에는 두꺼비 몸통만 한 돌덩이를 집어던졌다. 그때에도 두꺼비는 꿈쩍도 하지 않았다. 묵직한 돌덩이가 두꺼비 등에 떨어져버린 건 순간이었다. 둔탁한 소리가 났다. 두꺼비는 네 다리를 쭉 뻗고 납작해졌다. 납작해진 채 움직이지 않았다. 나는 움직일 수 없어졌다. 바람이 불었고 시간이 흘렀다. 두꺼비가 일어나지 않았다. 집으로 가고 싶어졌다. 조금 더 기다려야 한다는 생각도 들었다. 두꺼비가 움직였다. 한없이 느리적거리며 두꺼비는 몸을 일으켰다. 이전과 똑같은 자세를 잡고서 다시 나를 쳐다보았다.

나는 울 지경이 되었다. 두꺼비처럼 입술이 일그러져 갔다. 눈에서 눈물이 뚝뚝 떨어졌다. 두꺼비가 나를 다시 똑같이 쳐다보아서 다행이었다. 구름 그림자가 운동장에 내려앉아 있었다. 온 운동장이 두꺼비처럼 얼룩덜룩해져 있었다. 그것이 내가 기다려온 무언가라는 것은 알고 있었다.

해바라기 밭에서는 해바라기가 피었다 죽었다. 새 친구를 사귀었고 새 친구와 멀어졌다. 나는 지금도 아침까지 잠을 자지 않는다. 방에 앉아 있다가 창밖을 본다. 불 꺼진 건물이 보인다. 창문에 하나씩 불을 켜보기도 하고 꺼보기도 한다. 방을 빙글빙글 돌다가 점프를 하기도 한다.

왜 밤에 잠을 자지 않느냐고 누군가 물으면, 시를 쓴다고 답한다. 밤을 새워 아무리 간절하게 써도 남아 있는 건 꿈쩍 않는 두꺼비뿐이다. 한없이 느리적거리고, 아무리 뜯어봐도 전혀 사랑스럽지 않다. 대단할 리도 없고 아름다울

리도 없다. 그럼에도 불구하고 좋다. 왜 좋냐는 질문에 답할 수는 없다. 시로 답할 수는 있다. 두꺼비와 두꺼비가 마주보는 방식으로. 두꺼비가 두꺼비를 기다리는 방식으로.

내가 쓰지 않는 것들

김승일

옥상

급식을 거른 아이들과
아파트 옥상으로 가서
담배를 피웠다
빈속에 헛구역질이 나서
관자놀이를 꾹꾹 눌러보기도 하고
배를 주먹으로 연신 쳐보기도 했다

옥상 바닥은 짙은 초록
햇빛을 튕겨내면서
뜨거워지는 방수 페인트
우리는 물탱크 그늘에 누워
지나가는 비행기를 바라본다
십오 분마다 한 대씩
비행기는 서로 조금씩 항로가 다르다
높낮이가 다르다
비행기를 가리키는
작은 손가락
소리 없는 점

산등성이를 세 번 뚫고
마침내 통과하는

나는 신발을 하늘 위로 들어 올려
비행기를 가려보았다
신발 속으로 사라졌다가
다시 신발 밖으로 나오는 비행기를
자꾸만 가려보았다

머리가 아파서 침을 뱉었다
아이들도 침을 뱉었다
수북한 꽁초 위에 침을 뱉으면
경비가 순찰을 돌 것 같아
내려가면 옥상 문에
자물쇠를 걸 것 같아
그런데 곧
내려가야 할 것 같아
우리는 속이 꼬일 때까지
담배를 피웠다

나는 옷을 다 벗고
팔을 머리 위로 쭉 편 채

김
승
일

엉덩이를 들어 올렸다

눈을 감으면 너희들 웃는 소리가
간지럼을 태우는 깃털 같았다

—

『에듀케이션』, 문학과지성사, 2012.

1

눈을 뜨면 조금 늦어 있다. 샤워를 하면 정말 늦어 있다. 버스를 타면 너무 늦었고, 고등학교 정문에 도착하면 언덕 위에 학생들이 서 있다. 지각 단속이다. 나도 언덕을 올라가서 남들처럼 찬바람을 맞고 서 있다. 뜨거운 햇살을 받으며 푹푹 찐다. 왜 지각을 했다는 이유만으로 여기서 이렇게 시간을 보내야 하지. 그래서 언덕을 올라가지 않은 날. 사람들이 출근하고 텅 비어버린 골목을 걷는다. 행복하다. 9시다. 이제 들어가도 된다고 한다. 학생들이 들어간다. 나도 들어간다. 책상에 엎드린다. 어떤 선생님은 깨워서 때린다. 어떤 선생님은 그냥 둔다. 점심이다. 다들 밥을 먹으러 간다. 나는 급식이 싫어서 먹지 않는다. 자다가 깨도 아직 점심이다. 학생들이 학생들과 대화를 하고 있다. 삼삼오오다. 말하는 학생이 있고 듣는 학생이 있다. 무슨 말인지는 들리지 않는다. 너네 지금 무슨 생각을 하는 거야. 점심시간에는 학생들이 자지 않는다. 너네 지금 무슨 생각을 하고 있는 거야. 이게 내가 하는 생각이다. 무슨 생각을 하는지 모르겠고 무섭다. 이게 내 느낌이다. 내가 사랑하는 학생을 본다.

눈을 뜨면 수업 중이다. 수업이 끝나지 않는다. 시계를 본다. 가끔 수업이 들린다. 이제 곧 끝이다. 끝나면 공부를 할 것이고, 끝나면 책방에 갈 것이고, 종로 예술 극장에 갈 것이고, 홍대에 갈 것이고, 아마츄어 증폭기 공연에 갈 것이고, 카페에 갈 것이고, 밥을 먹을 것이고, 시를 쓸 것이다. 언덕을 내려가 박성준, 임병주, 최원석과 밥을 먹는다. 카페에 간다.

온라인 메신저로 온라인에서 알게 된 친구와 채팅을 하다 잠을 자지 않았다. 주차장에서 눈을 쓸어 담는 소리가 들린다. 아무도 밟지 않은 눈을 밟아야 해서 교복을 입고 학교에 간다. 4시 30분이다. 첫차를 타고 학교에 간다. 버스 안에는 아무도 없고, 버스 기사는 신호를 지키지 않고, 원래도 빠른 버스다. 11-3이다. 눈을 뜨니 종점이다. 계속 타고 있으면 학교 앞이다. 언덕을 올라간다. 불이 꺼진 계단을 올라, 조용한 복도를 지나, 교실에 들어간다. 가스 난방기 전원을 누른다. 가스 난방기를 켜면 공기가 무거워지고 잠이 온다.

2

나는 내가 건강했으면 좋겠다. 그러면 오래 살아도 될 것 같다. 그러면 그때처럼 잠을 자고, 지하철도 타고 버스도 탈 것이다. 시간이 많으니까. 무슨 생각을 하고 있는 거야. 그런 생각을 하며 무서움에 떨 것이다. 자고 일어나서 큰일 났다고 생각할 것이다. 계속 늦을 것이고, 늦어서 무서움에 떨 것이다. 찬 바람을 맞을 것이고, 햇살을 맞을 것이

다. 언덕을 올라가지 않을 것이다. 온라인에서 친구를 사
귈지도 모르지. 처음으로 눈을 밟을 것이다. 막차를 탈 것
이다. 첫차도 탈 것이다. 하지만 나는 더는 건강하지 않고,
다른 나이 든 친구들이 그렇듯이 허리가 아프고, 아직도
많이 잔다. 자고 일어나면 무서운데, 이렇게 잠만 자다 모
든 것이 다 끝이 나겠지. 그렇게 생각하면 무섭지 않고. 내
가 너무 초라하고. 초라하게 적당히 살다 죽을 것이고. 이
게 내가 하는 생각이다. 무섭지 않다. 막차가 역으로 들어
오면 앉을 자리가 많았다.

3

막차가 역으로 들어온다. 앉을 자리가 많다. 나는 바닥에
앉는다. 입석을 끊고 대구에 간다. 친구가 산다. 창원에 간
다. 친구가 산다. 지하철을 타면 바닥에 앉는다. 스탠딩 공
연을 보러 가서 바닥에 앉는다. 바닥은 넓다. 머리에 가방
을 받치고 누울 수도 있다. 나는 의자가 있어도 바닥에 앉
는다. 그러면 넓다. 아파트 옥상에 가면 바닥에 눕는다. 나
는 무경계팽창에너지라는 곳을 좋아한다. 술을 파는 곳이
고 공연을 하는 곳이고 모두가 신발을 벗고 들어가서 바닥
에 앉는 곳이다.

4

무경계팽창에너지는 없어졌다.

5

무경계팽창에너지에 가서 나는 너무 어려 보이고 실제로
도 고등학생이라 술을 사지 못한다. 그래서 담배만 피운
다. 누워서 피운다. 오늘 밤은 당신이 옳으니……. 이런 문
장이 벽에 떠 있다. 나는 옳지 않다. 언젠가 무경계팽창에
너지 같은 공간의 주인이 되고 싶다. 넓은 바닥을 가지고
싶다. 내가 가진 넓은 바닥은 아파트 옥상이다. 거긴 우리
집 옥상이지만 남의 집 옥상이기도 하다. 하지만 아무도
올라오지 않는다. 잠을 자고 일어나면 노을이 지고, 오늘
은 밤에 화성이 보이는 날, 여름에도 바람이 세차게 분다.
환풍구를 타고 하수구 냄새가 올라온다. 방수 페인트는
뜨겁고, 옥상은 16층이고, 옥상에 가는 것은 내가 좀 죽고
싶기 때문이다. 그래서 나는 죽을 때까지 옥상에서 내려
가지 않는다. 저절로 죽을 때까지 시간이 많이 남았으므
로, 시간이 있을 때마다 담배를 피운다. 언제나 시간이 있
다. 비행기가 저쪽으로 날아간다. 신발로 비행기를 가려
본다.

6

그리고 나는 대학생이 되어서 「옥상」이라는 시를 썼는데, 고등학교 시절에 있었던 일로 쓴 첫 번째 시이자 마지막 시다. 나는 옥상에서 혼자 놀다가 경비 아저씨에게 혼이 났고, 옥상에 자물쇠가 잠겼고, 가끔은 어째서인지 자물쇠가 풀려 있었다. 사진에서는 의미가 있지만 시에서는 의미가 없다. 의미를 모르겠다. 무경계팽창에너지의 공기와 옥상의 공기와 막차의 공기와 11-3의 공기를.

쓸 수가 없다. 그냥 내가 그 시간에 거기 있었어요. 느껴주세요. 왜 느껴야 되냐면요. 느끼면 어떻게 되냐면요. 시는 설명이 아니라고 배웠다. 그냥 보여주라고. 나도 그러고 싶지. 사람들이 알아주길 바라지. 이제 나는 시인으로 산 지 꽤 되었고, 그래서 아는 것이 너무 많다. 글쓰기는 누군가 알아주길 바라는 일이 아니라 알게 하는 일. 그걸 알고 나서였나. 고등학교 얘길 더는 하지 않은 게. 초등학교 얘기 쓰고, 중학교 얘기 쓰고, 백 년 후의 세계 얘기도 썼는데.

7

타르코프스키가 좋다. 기타노 다케시도 좋고. 기요시는 천재다. 헤어조크 멋있다. 〈파니 핑크〉를 좋아해요. 제일 좋아하는 것은 〈릴리 슈슈의 모든 것〉 예고편. 예고편이 너무 좋아서 영화는 보지 않았다. 나중에 극장에 걸리면 보려고 참았다. 거기 나오는 주인공이 너랑 같은 헤드폰 쓰고 있어. 불법 다운로드로 미리 본 친구가 알려줬다. 나는 극장에서 볼 거야. 그런 시를 쓸 거야. 그런 시? 릴리 슈슈 같은 시. 넌 보지도 않았잖아. 들판에 고등학생이 서서 음악 듣는 시를 쓸 거야. 야쿠자가 결국 죽는 시도 쓰고, 촛불을 든 남자가 이쪽에서 저쪽까지 걸어가는 시, 인디밴드 음악 같은 시를 쓸 거야. 나는 그것들을 이해하거든. 사람들도 나중엔 다 이해할 거야. 사람들이 똑똑해지면. 사람들이 인디밴드를 더 좋아하고, 영화도 더 많이 보고, 시집도 많이 읽으면, 사람들이 날 좋아할 거야. 계속 쓸 거야. 들판에서 음악 듣는 고딩 얘기를. 서울에서 창원까지 걸어가다 본 도로들을, 지각하고 언덕 밑에서 만난 골목을, 평생 그런 것들만 묘사하다 죽을 거야. 의미 있는 것들. 무슨 의미인지 내가 결코 이해할 수 없는 것들. 이해하고 싶지 않은 것들. 담을 타고 몰래 들어간 한밤중의 초등학교 운동장, 거기 누워서 생각한 것들. 무슨 생각을 했더라. 나도 모르지. 기억나지 않는 생각들. 사실은 하지도 않은 생각들. 내가 이런 걸 봤다고 아무리 자랑해도, 잘난 척이 아닌 것들. 누구의 부러움도 사지 않고, 누구의 판단도 사지 않고, 너는 아무 말도 하지 않는구나. 그런데 다 알겠다. 누군가가 그렇게 말하며 나를 사랑해주기를 바란다.

극장에서 보고 싶은 것은 내가 찍은 영화. 나는 어쩌면 시가 아니라 영화를 만들려고 태어난 게 아닐까. 내 시를 좋아하는 사람이 별로 없잖아. 특이하다. 너 같다. 모르겠다. 그게 사람들이 내가 쓴 것을 보고 하는 말이다. 할 말이 없으면 너 같다고 하지. 내가 쓴 거니까 나 같겠지. 그래서 나 같은 게 어떤데요. 나는 『금시조』가 정말 싫어요, 카프카도 바보 같아요. 왜 자기가 쓴 글들을 불태우래요. 의미가 없으면 의미가 없는 게 의미죠. 나는 절대 불태우지 않을 거야. 나는 모든 걸 쓸 거야. 안 그러면 의미가 없어. 모든 걸 써야 의미가 있어.

8

너무 그렇게 애쓰지 않아도 되는데. 모든 걸 쓰려고 했던 그때의 이야기를, 너는 쓰지 않게 되는데. 모든 걸 쓰려고 했던 그때의 이야기. 내가 지금 쓰고 있는 이야기. 그런데 많이 잊어버렸다. 쓰지 않으면 까먹게 되더라고. 기억력도 계속 나빠지고. 난 그랬지. 애들 표정을 다 외웠지. 언제, 어디서, 무슨 생각을 하고 있는 거야? 왜 그런 표정을 짓는 거야? 무서워서 다 외우고. 매일 떠올린 거야. 교실에서 너희가 어땠는지. 이제 많이 잊어버렸어. 어디 써놓을 수 없는 것들이었어. 그림으로 그릴 수 없는 것들이었어. 공기의 모양 같은 것들. 영화로도 찍을 수 없는 것들. 노래로는 부를 수 있을까 싶어서 기타를 배웠어. 노래도 열심히 불러야 되더라. 나는 열심히 하는 게 싫은데. 너무 애를 쓰면 애쓰는 게 다 보이니까. 작위적이고……. 나는 시를 열심히 썼어. 시인도 됐지. 알고 보니까. 예술이란 게 누가 다 만드는 거더라. 원래 그렇게 작위적인 거더라고. 그걸 인정하면 새로운 세계가 있더라고.

9

아무도 나를 찾지 않는 방학 같은 것은 없다. 나를 좋아하는 사람들이 많다. 왜 나는 외롭지가 않지. 어쩌면 내가 외롭지 않은 것이 아니라 사람들이 지나치게 외롭다는 말을 많이 하는 게 아닐까. 내가 옥상에 있으면 사람들이 어디에 있느냐고 묻는다. 아파트 옥상으로 사람들이 놀러 오면 나는 마치 집주인인 양 군다. 돗자리를 깔고, 파라솔도 들고 가서 사람들을 앉힌다. 여긴 오직 나랑만 올 수 있다. 나는 안주인에 소질이 없는 사람인데도 언제나 안주인 역할을 자처한다.

혼자 있으면 많은 것이 바뀐다. 옥상에 올라가서 몇 시간 누워 있다 내려오면, 기차를 타고, 걸어서 어디 멀리까지 다녀오면, 개천에 산책을 다녀오면 나는 아까랑 다른 사람이 된다. 뭔가를 깨달은 사람이 된다. 깨달은 사람이 되면 동시에 냉정한 사람이 된다. 어른이 된 것처럼. 너 며칠 사이에 되게 달라졌다. 그런 말을 꼭 듣고야 만다. 사람들은 항상 내게 서운해한다. 내가 웃지 않고, 목소리를 깔고, 어른이 된 것처럼 고개를 까딱이니까. 미친놈아 너 왜 그러냐? 그렇게 말하면 되는데. 넌 항상 나쁘게 굴더라. 왠지 우리 어제랑은 다른 관계가 된 것 같아. 다들 속상해한다. 엄마도 속상해한다. 변했다고 싫어한다. 그래서 나는 다시 깨닫지 않은 사람이 된다. 삶의 진리 같은 것을 모르는 사람이 된다. 웃고 까불고 이상한 소리를 한다. 나는 어쩌면 과묵한 사람일지도 모른다. 그게 내 본모습일지도 모른다. 네가 무슨 과묵한 사람이야. 다들 웃겠지. 어이가 없겠지. 옥상에 누워서 나는 아무도 웃기지 않고. 아무도 웃기지 않는 내가 가끔 너무 마음에 든다. 셀카를 찍는다. 무표정으로.

누워 있으면 무엇이든 잘될 것 같다. 어떻게 되어야 잘되는 것인지는 모르겠지만. 무경계팽창에너지의 주인이 될 것 같다. 그래서 옥상에 가서 눕는 것이다. 눈밭에도 눕는 것이고. 침대에서 일어나지 않는 것이다. 그런데 옥상에 오래 누워 있으면 이상하게 자신감이 사라진다. 그런 게 다 무슨 소용인가 싶다. 그런 게 뭔지 잘 모르겠지만. 잘되고 싶지가 않아. 어차피 내가 사랑하는 학생은 나를 사랑하지 않을 작정인 것 같아. 내 얼굴이 마음에 들지 않는 것 같다. 나는 셀카를 찍는다. 필름 카메라로. 어떻게 생겼는지 당장은 확인할 수 없는 카메라로. 하늘을 찍고, 비행기를 찍고, 지하철 바닥에 주저앉아 뻗은 다리를 카메라에 담는다. 얼굴 말고는 이유를 찾지 못하겠다. 누워 있으면 무엇이든 잘될 것 같다. 사람들은 나더러 귀엽다고 한다. 귀여워서 그런가. 귀엽기만 한 사람이라서 그런가. 왜 사람들은 나를 좋아하기만 하지. 사랑하지는 않고. 그게 내가 하는 생각이다.

눈을 뜨면 점심시간이 지났고. 더는 잠이 오지 않고, 나는 내가 사랑하는 학생과 떠들고 있다. 수학 선생님이 왜 떠드냐고, 일어서라고 한다. 나 말고, 나를 사랑하지 않는 학생만 벌을 받게 생겼다. 나는 갑자기 울면서 자리에서 일어나, 선생님 제가 떠들었어요. 제가요. 하면서 교실 뒷문을 열고 복도로 나가 벽에 머리를 수차례 박는다. 울면서. 제가요. 제가 떠들었어요. 수학 선생님은 부임한 지 얼마 되지 않은 젊은 선생님이다. 애들이 나를 제지하려고 뛰쳐나온다. 나는 섬광이 보일 때까지 머리를 벽에 박는다. 너도 걔처럼 되려고 그러니? 걔 흉내를 내는 거니? 담임이 교무실에서 나를 혼낸다. 담임선생은 학교를 그만둔 내 친구를 모욕하고 있는 것이다. 아니요. 따라 하는 거 아니에요.

할 말이 있으면 지금 여기서 해. 미래로 가서 하지 말고. 지금 여기서. 왜냐면 너는 지금 옥상으로 가고 있으니까. 미래로 가면 그냥 따라 한 게 돼버리니까. 미래로 가면 그냥 좋아해서 그런 거니까. 미래에선 모든 것을 설명할 수 있으니까. 시를 쓰고 싶으면 여기서 써. 그러나 비가 쏟아지고, 나는 옥상 문 앞에 서서, 옥상 바닥에 떨어지는 것들을 한참 동안 바라보고 있다. 눈을 감았다 뜨면. 언제나 조금 늦어 있다. 옥상에 물이 고이고, 며칠 동안 나는 거기 누우러 갈 수가 없고. 다시 찾아가면 문에 자물쇠가 걸려 있는 것이다. 언젠가는 모든 것을 쓸 것이다. 나는 언제나 하지 않는 말이 너무 많다.

1996, 그들이 교실을 지배했을 때

서효인

헤르체고비나 반성문

태어나서 죄송합니다
미안한 마음으로 참호를 만듭니다
삽의 끝이 점점 동그랗게 변합니다
삽을 쥔 손가락이 삽이 됩니다
손을 달고 있는 팔이 삽이 됩니다
팔을 지탱하는 몸통은 진즉에 삽입니다
허리가 삽인 것은 말할 것도 없습니다
삽은 존중받을 가치가 없습니다
삽이라서 죄송합니다

참호의 방향은
오전 10시 어머니의 심정처럼
복잡해 종잡을 수 없어
그냥 밑으로 파고들기로 합니다
이사 날의 침대 밑이랄까
최후의 5분이랄까
인종 청소랄까
빵을 위한 새벽의 긴 줄이랄까

제단에서 벌이는 린치랄까
군인 앞에 선 여성 이교도랄까
유기견의 성대랄까
상상해서 죄송합니다
말이 많아 잘못했습니다

삽이 된 몸이 총자루를 꼭 그러모으고
언 땅에 머리를 박습니다
차마 아무도 쏠 수가 없고 해서
밑으로 열렬히 파고들기로 합니다
우리의 종교는 삽에게 알몸을 내어 주던
땅 아래에 있었군요 가만히
서로의 바닥을 봅니다

참호 안에서 우리끼리
죄송하다 말하고
괜찮다고

—

『백 년 동안의 세계대전』, 2011, 민음사.

서
효
인

담임이 죽었으면 좋겠다고 생각한 밤이 여러 차례였다. 다음 날 학교에 가야 했기 때문이다. 광주광역시에 같은 이름의 고등학교와 붙어서 소재한 ㄱ중학교는 같은 성을 쓰는 선생이 유독 많았는데, 아무래도 사립학교 특유의 제멋대로 채용이 아니었을까 싶다.

담임은 그 성을 쓰는 평교사 중 가장 나이가 많은 동시에 가장 덩치가 크고 가장 성질이 폭력적이었다. 별명도 미친개나 독사 따위의 평범함을 거부했다. 두꺼비였는데 우리로서는 차라리 동네 미친개가 낫겠다 싶은 공포의 두꺼비였다. 그는 교문 바로 앞에 독을 품은 두꺼비처럼 우뚝하니 서서, 화려한 신발을 신었거나 머리가 스포츠형이 아니거나 하는 녀석들의 허리띠를 단단히 잡은 채로 엉덩이나 허벅지를 때렸다. 학생주임은 늘 그의 차지였고 교감이나 교장보다는 학생주임이 썩 잘 어울렸다. 그 또한 그 위치와 역할을 즐겼던 것 같다. ㄱ중학교 선생은 언제든 학생을 팼는데, 딱히 죄책감을 갖거나 자기 조절을 하려 노력하는 선생은 거의 없었고 학생주임은 더욱이 그럴 이유가 없는 자리였다. 학교에 중학생은 많았다. 맞을 놈도 많다는 뜻이다. 3학년이 되는 날, 1반에 배정되었다는 소식은 청천벽력과 같았다. 그는 늘 3학년 1반 담임을 맡았다. 3학년 중에서도 1반의 담임은 공인되고 허락된 일진 같은 것이었고, 그가 두꺼비였다.

하지만 내가 1반 교실에 오래 머물렀던 것은 아니다. ㄱ중학교에는 기발하고 효율적이면서 시대를 앞서거나 무화시킨 레벨 시스템을 3학년 대상으로 시행 중이었다. 반 배치는 철저하게 성적에 따라 A-B-C-D 하는 순으로 결정되었는데, 매월 월말고사를 실시해 그 등수를 바탕으로 반이 새로 배정되는 식이었다. 한 달에 한 번씩 반이 바뀌는 셈이어서 원래의 반 교실은 조회와 종례에만 들어가는 공간이 되었다. 1반은 A반이 쓰는 교실이고, 2반은 B반이 쓰는 교실이고…… 다시 5반은 A반 교실이 되었다.

학교는 전체 여덟 개 반을 네 개씩 두 집단으로 나눠 그들끼리의 경쟁을 부추겼다. 우리는 그것을 전반, 후반으로 불렀다. 1반과 5반은 각각 전반과 후반의 A반이 사용했고, 이를 A-1반, A-2반으로 구분했다. 전반(원래의 1반부터 4반)의 전교 1등부터 40등까지는 A-1반으로 칭해졌다. 41등부터 80등까지는 B-1반이 된다. 전반 A반과 후반 A반은 자기들이 무슨 맨체스터 유나이티드와 리버풀 혹은 바르셀로나와 마드리드 정도의 전통적인 라이벌이나 된다는 듯이 경쟁했다. 더 치열했던 것은 강등권이었다. B반에 들지 못하고 C반으로 떨어질 경우 선생들의 폭언과 폭력은 더욱 거칠어졌다. D반은 거개 엎드려 잤다. 개인 번호 또한 한 달에 한 번 바뀌었다. 전반에서 전교 1등인 학생은 A-1반 1번이 되었다. 전반 전교 41등은 B-1반 1번이 되었다. C-1반

15번 언저리까지 인문계 고등학교 가시권이었다. C반 수업에 들어온 선생들은 1번부터 15번까지를 집중적으로 가르쳤는데, 여기서 가르쳤다는 말은 욕설과 체벌이 가중되었다는 말과 다름 아니다. 나는 C반 5번인가부터 시작해서 여름이 되기 전 다행히 B반으로 올라섰다. 나로서는 덜 두들겨 맞으려 노력했을 뿐이지만, 내 자리에 있던 누군가는 내가 있던 C반으로 떨어져 갖은 모욕과 체벌을 감내해야 했을 것이다.

하지만 전반적인 생활 관리는 본래 반에서 이뤄졌다. A반이 쓰는 우리 반(?) 교실의 내 자리(?)에 앉을 때는 고작 조회와 종례, 시험 시간뿐이었지만 어쨌든 나는 3학년 1반의 일원이었고 그 반의 담임은 두꺼비였다. 다른 반이었다고 사정이 아주 훌륭하게 나은 편은 아니었다. ㄱ중학교는 두꺼비뿐만 아니라 누구 하나 콕 집어 말하기 어려울 정도로 교사들의 체벌이 빈번하게 일어났다. 과학 선생은 실험실에 비치된 고무호스로 때렸다. 수학 선생은 대나무 뿌리를 특별 주문해 매를 만들어 자랑스레 들고 다녔다. 영어 선생은 맨손의 강자였다. 뺨을 자주 때렸으며 걸상 위에 쇠로 된 필통 같은 게 보이면 그걸로 사람을 쳤다. 미술 선생은 발차기를 잘했는데, 주로 야외 조회에서 교장 선생의 말에 딴청을 피우는 학생의 종아리를 걷어차는 식이었다. 인종주의가 만연한 사회에서는 검둥이니 짱깨니

하는 말이 아무렇지도 않게 쓰이듯이, 때리는 일이 일상인 교실에서는 누구나 때리고 맞았다. 위 학년이 아래 학년을 때렸다. 강한 학생이 약한 학생을 때렸다. 교사는 그 모두를 때렸다.

우리는 이른 아침 등교해 저녁 9시 30분까지 보충수업 및 야간자율학습을 했으며, 연합고사가 가까워지자 하교 시간은 10시 30분까지 늦춰졌다. 급식이 나오던 시절이 아니라 어머니는 도시락을 두 개나 준비해야 했다. 학부모의 부담을 줄여준다며 학교에서는 도시락 업체를 소개해주었다. 동그란 반찬통에 김치며 나물이며 어묵볶음 같은 것들이 배달하는 과정에서 엉망진창으로 몸을 섞고 있었다. 우리는 그것을 개밥이라 불렀고, 도저히 먹을 만하지 못해 학교 앞 튀김집으로 자주 나서야 했다. 학교 문이 잠겨 있어 담을 넘었다. 걸리면 맞아야 했지만 날마다 어떤 이유로든 맞았으므로 그리 중한 일은 아니었다. 그 앙상한 밥과 반찬을 열다섯 살 남자애들에게 먹으라고 내어주었던 도시락 업체와 ㄱ중학교 사이에 검은 커넥션이 아무래도 있지 않았을까 의심한 건 시간이 많이 지나서다. 이야말로 합리적 의심의 축에 들겠지만 진실은 알 수 없다.

내가 그 거지 같은 밥을 먹게 된 것은 아이러니하게도 인문계 고등학교에 진학할 수 있는 수준까지 성적을 끌어올려서이다. C반 10번대 이후로는 저녁까지 남지 않고 집에 갔다. 내가 B반에 진입한 것은 수업 시간마다 쏟아지는 질문과 숙제 검사 세례에서 벗어나고 싶어서다. C반 첫 수업에 국어 선생은 1번부터 10번까지 불러 칠판에 '춘하추동'을 한자로 쓰게 했는데 반은 썼고 반은 틀렸다. 선생은 우리더러 대가리에 든 게 없다고, 머저리 같은 새끼들이라고 했다. 나는 뒷머리를 긁었다. 그날 이후 한자를 멀리했다. 그사이 뚜렷했다던 우리나라의 사계절은 점점 그 경계가 흐려져 겨울과 여름만 남았지만, 그때는 그 뚜렷한 계절 중 여름이 오기 전에 수를 써야지 안 그러면 내가 죽겠다 싶었다. 독서실 멤버와 커닝 전략을 짰다. 발로 답을 전달하는 방법이었는데, 나는 국어와 국사를 맡았다. 나머지 과목에서 조금의 도움을 받았다. 그렇게 성적을 올렸고, 1학기 기말고사에서 결국 발각되어 3학년 1반과 2반 사이에 있는 구름다리에 끌려가 개처럼 맞았다. 물론 개를 때려서는 안 되는 일이지만.

개처럼 맞는다는 건 어떤 것인가. 엎드리거나 무릎을 꿇거나 손바닥을 내밀거나 하는 자세도 없이 아무렇게나 무차별적으로 맞으면 꼭 내가 개가 된 것 같다는 생각이 든다. 두꺼비는 사람을 그렇게 팼다. 당구 큐대를 매로 썼는데, 한번 열이 받으면 큐대가 분질러질 때까지 휘둘렀다. 싸움으로 유명했던 녀석은 거의 매일 친구들에게 돈을 뜯다가 걸려서 그렇게 맞았다. 큐대가 부러진 날과 별개의 날에 녀석은 맞고 또 맞다 지쳤는지 3층 구름다리에서 뛰어내려 학교 뒷산으로 도망갔다. 서류상 3학년 1반이었던 아이들 중 C반 이하 클래스가 수업을 잠시 멈추고 녀석을 찾아다녔다. 놈은 학교 선생의 절반을 차지하는 성씨의 문중 묘지 중 가장 큰 묘에 등을 대고 앉아 담배를 피우고 있었다(가끔 학생들이 그 묘역의 벌초에 동원되고는 했다). 담배, 담배는 두꺼비의 친구이자 적이었다. 그는 한 손으로 담배를 뻑뻑 피우며 한 손으로 큐대를 획획 저었다. 커닝이 결국 발각된 날, 독서실 무리는 두꺼비에게 차렷 자세를 한 채로 맞았다. 큐대가 담배가 만든 안개 사이로 날아와 무방비 상태의 몸 여기저기를 내리쳤는데, 특히 손가락이 아팠다. 성적 처리의 변화는 없었다. 시쳇말로 몇 대 맞고 끝난 것이었는데, 그때 우리가 개 같았다고 말하지 않을 도리가 없다.

때리면 때릴수록 아이들은 미쳐갔다. 그때는 미친 줄 몰랐는데 지금 돌아보니 우리는 모조리 미쳤던 것 같다. 먼저 거의 모든 학생이 도벽을 갖게 되었다. 문구점에 우르르 몰려 들어가 주인의 정신을 딴 데 돌리고 손이 빠른 친구가 '하이테크'니 '사쿠라'니 하는 일본제 펜을 다발로 훔쳤다. 훔친 펜은 장물이 되어 교실 구석에서 팔려나갔다. 그 펜을 누군가 또 다시 훔쳤다. 훔친 걸 다시 훔치다 보면 내가 도둑맞은 물건 같기도 하고 내가 훔친 물건 같기도 했다. 값이 나가는 농구화는 신발장에 두어서는 안 됐다. 신발이나 외투가 없어졌다고 하면 선생은 왜 비싼 걸 하고 다녔느냐 신경질을 냈다. 또한 교실은 거대한 도박판이었다. 카드에서부터 동전까지 쉬는 시간마다 각종 판이 벌어졌다. 책상을 붙이고 칠판지우개를 네트 삼아 벌이던 탁구 게임도 사설 토토처럼 도박에 활용되었다. 판돈이 점점 커져 10만 원은 쉽게 오갔다. 앞에 말한 구름다리에서 뛰어내린 녀석도 교실에서 필요한 도박 자금을 마련하기 위해 현금 강취에까지 이른 것이었다. 이 과정에서 주먹은 필수였다. 맞을 짓을 하면 맞는 것이 일상이었고, 그 맞을 짓이라는 건 때리는 자가 정하기 나름이었다. D반 근처에는 되도록 얼씬하지 않는 게 좋았다. 거기에 속했던 몇몇이 폭력 조직에 가담해 있다는 소문이 돌았다.

국어 선생은 학생들의 주의가 산만해지면 체벌 대신에 그 또래에서 흥미로운 것으로 간주되는 이야기를 들려주었다. 그런 선생은 학생들 사이에 인기가 좋았다. 그건 '야한 이야기'였다. 예를 들어 일본이 우리 소녀를 전쟁터에 데려다 강제로 위안부를 시켰으니 우리도 일본 여자를 강간해도 된다는 이야기. 어떻게 강간을 해야 하냐면 이렇게……. 말 같지도 않은 소리를 해대면서 표현력 또한 남다르게 역겨웠다. 그의 더러운 만담에 낄낄 웃은 우리 중에 누군가는 고무 찰흙으로 성기 모양의 조각물을 정성스레 만들어 등교하는 옆 학교 여학생 앞에 스윽 내밀고 소스라치게 놀라는 모습에 또다시 낄낄거리고는 했다. 그리고 학교에 와서는 놀라는 모습을 흉내 내며 다시금 낄낄 웃는 것이었다. 양호 선생이자 물리 선생을 맡았던 젊은 여성 교사의 수업 시간에는 뒷자리에서 자위행위를 하던 놈도 있었다. 해당 교사가 뛰쳐나가고 얼마 있지 않아 두꺼비가 나타나 놈을 자비를 보여 주지 않고 팼다. 놈은 두꺼비의 무릎을 잡고 잘못했습니다, 다시는 안 하겠습니다, 하며 눈물로 빌었다.

두꺼비가 밤사이 교통사고로 죽었으면, 새벽에 심근경색이 왔는데 응급조치를 못 받았으면, 어쨌거나 그냥 사라졌으면 하는 망상을 품었던 정확한 계기는 가출 사건이었다. 이 생활도 곧 끝이다 싶은 겨울이었다. ㄱ중학교가 위치한 광주는 생각보다 눈이 많이 오는 고장인데, 그해에는 더했다. 우리가 가출을 결심한 날은 눈이 무릎 아래까지 쌓였다. 함께 커닝을 했는데, 나와는 달리 그걸 멈추지 못하고 2학기까지 지속하다가 대단한 체벌을 받은 친구는 이제 이렇게는 못 살겠다고 말했다. 안 참을 거라고 했다. 진짜 그런가? 나는 참는다는 생각 자체를 하지 않았다. 내 좌우명은 '오늘도 무사히'였는데, 거의 매일같이 맞았지만 죽지는 않았으므로 무사하다면 무사한 나날이었다. 호기로운 약속을 나눈 일행 중 나만 실행에서 빠졌다. 추워서 그랬다. 무사하지 못할 것 같은 예감이 들어서 그랬다. 사실 두꺼비는 나에게는 조금 관대한 편이었는데, 첫째로는 커닝으로 올린 성적이지만 이후에는 다른 부정행위 없이 그럭저럭 그 성적을 유지하고 있었고, 둘째로는 담배를 피우지 않았으며, 셋째로는 내가 운이 좋은지 이런저런 일탈이 그에게 걸리지 않았기 때문이다.

　이제 더 이상 참을 수 없다던 친구는 1996년의 교실에서 유일하게 우정 비슷한 걸 나눈 사이였던 것 같다. 우리 둘은 서로의 물건을 훔치지 않았다. 녀석은 담배도 피웠고, 커닝 사건 이후 성적도 도로 그 상태가 되어 다시 커닝을 시작했는데 족족 걸렸으며, 이런저런 일탈도 빠짐없이 걸리는 편이었다. 친구가 몇몇 다른 녀석들과 함께 가출을 감행한 후였다. 녀석과 나의 사이가 가까움을 눈치챈 두꺼비가 나를 구름다리에 붙은 3학년 교무실로 불렀다. 교무실은 기름 난로 덕에 따뜻했고, 난로 위에는 크고 노란 주전자에서 보리차가 끓고 있었다. 그는 내게 보리차를 내주었다. 불어. 나는 보리차를 후후 불었다. 불으라고! 뭐를요? 어디든 불어. 다 알아. 친구를 위한 게 아냐. 그는 내 삐삐 음성사서함을 뒤졌다. 친구들은 내게 음성을 남기지 않았다. 독립운동이나 민주화운동을 하는 건 아니었지만, 발설의 위험이 있으므로 최종 행선지를 알려줄 리 없었다. 알면 불고 싶었다. 그날은 무사히 못 지나갈 것 같았기에.

며칠을 다시 개처럼 맞았고 팔뚝을 포함해 몸 곳곳에 자국이 생겼다. 연합고사를 며칠 앞두고 있었기에 가출한 녀석들의 부모도 난리가 났다. 시험을 치르지 않으면 고등학교에 갈 수 없었으니 부모들의 애타는 마음이 당연했다. 그러던 중 교무실로의 호출이 다시금 있었다. 쭈뼛쭈뼛 문을 여니 몇몇의 부모(주로 엄마)가 불안한 표정으로 삼삼오오 서 있었다. 어디로 간 거니. 저는 몰라요. 진짜로 모르니. 진짜로 몰라요. 학부모가 있으니 선생들의 손이 올라가지 않아 모르는 걸 모른다고 답하는 말에도 다소 안심이 되었다. 잠깐의 침묵. 보리차 끓는 소리. 그리고 어떤 아주머니의 물음 하나. 대체 이렇게 추운 날 왜 가출을 했다니. 왜 안 돌아온다니. 나는 잠시요, 하고서는 교복 재킷을 벗었다. 교복 셔츠를 걷어 올리니 중학생답게 얇은 팔뚝에 맞은 흔적이 나왔다. 제가요, 날마다 이렇게 맞아요. 몰랐어요? 진짜 모르셨어요? 걔들도 거의 이렇게 맞아왔고, 돌아오면 이렇게 맞을걸요. 웅성거리는 소리. 놀라는 소리. 보리차 끓는 소리. 구름다리에 겨울바람이 지나가는 소리. 나가라는 소리. 문이 닫히는 소리.

그날 종례 시간에 담임은 교탁 앞으로 나를 불렀다. 코트를 벗고 나오라고 했다. A반부터 D반까지 흩어져 있던 3학년 1반 친구들이 모여 있는 10분의 시간 동안 나는 그에게 출석부가 나달나달해지도록 맞았다. 그는 내 얼굴을 향해 출석부를 세차게 던지고는 그악스러운 손바닥으로 따귀를 때리고 발로 여기저기를 찼다. 교실에서 자위행위를 하던 놈처럼 담임의 무릎에 붙어 울며 빌었다. 선생님 잘못했습니다. 선생님 다시는 안 그러겠습니다. 진짜 잘못했습니다. 그날 저녁 나는 예상되는 행선지 몇 곳을 담담히 나열했고, 그중 하나인 24시간 독서실에서 녀석들은 잡혔다. 결국 연합고사를 이틀 앞두고 모두 다시 출석하게 됐는데, 나에게 말을 거는 녀석은 없었다. 모두 무사히 시험을 치렀고, C-1/2반 10번 언저리까지 인문계 고등학교에 진학했다. 연합고사 만점은 다른 사립중학교 학생이 받았다. 우리에 비하면 리버럴한 학교였다. ㄱ중학교는 실패한 것이다.

학교를 지날 때마다 손에 쓰레기가 들려 있으면 일부러 담장을 넘겨 학교에 버렸다. 침을 뱉을 수 있으면 침을 뱉었다. 동창들의 얼굴이나 이름은 기억나지 않는다. 모른다. 지워졌다. 그렇게 다 지우고 싶었고 거의 지워졌는데, 이제야 이런 글을 쓰게 되어 매우 유감이다. 이 모든 게 막돼먹은 소설이거나 지루한 시나리오라면 좋았겠지만 모두 사실이다. 당시 〈둠〉이라는 게임이 유행했는데, 지금으로 치면 〈배틀그라운드〉 정도 되는 슈팅 게임이다. ㄱ중학교 곳곳을 배경으로 사람을 쏴 죽이는 상상으로 주말에 〈둠〉

을 했다. 게임에 소질이 없어 늘 실패했다. 다행인지 아닌지 그렇게 프로게이머가 되지는 못하고 글에는 소질이 있어 때리고 맞는 일에 대해 몇 편의 시와 글을 썼다. 그 시절이 내게 도움이 되었다는 이야기는 아니다. 그 시절이 없었다면 나는 더 행복했을 것이다. 더 좋은 사람이 됐을 것이다. 나는 아직도 그때 교실을 지배했던 인간들이 불행하기를 기원한다. ㄱ중학교가 속한 사립학교 재단이 망하길 빈다.

1996년 그곳에 함께 있던 동년배들은 사회 곳곳으로 나아가 밥벌이하고 살 것이다. 그중 일부는 맞아야 할 짓을 했으면 맞아야 한다고 생각하고 있을지도 모른다. 때리고 윽박질러서 목표를 달성하면 그것으로 됐다고 생각할지도 모른다. 혐오가 혐오인지 모르고, 폭력이 폭력인지 모르는 무뢰배가 됐을지도 모른다. 욕이 먼저 나가고 손이 빠르게 올라가는 사람이 되었을지도 모른다. 그런 생각은 나를 끔찍하게 만든다. 아마도 그러할 것이기에.

담임은 죽지 않았다. 고등학교에 다닐 때 농구를 하러 가는 길에 그를 보았다. 알은체를 할까 두려워 뒤돌아서 뛰어가버렸다. 이제 그는 나를 때릴 수 없는데도, 맞을 일이 없음에도 불구하고 다리가 후들거렸다. 그날의 나는 그렇게 죽어 있다. 그것이 내가 가진 교실의 이미지다. 폭력이 교실을 지배했을 때, 죽음은 모두에게 너무나 가까이에 있게 된다. 지금은 그러하지 않은가? 제발 그러하지 않다고 대답해주는 이 있으면 좋겠지만, 그렇지만.

4부

나

척 보면 척

오은

척

내 이름은 척Chuck이야
어느 날, 나는 나 자신에게 나를 소개했다

내가 나를 알은척하듯

내가 모르는 나를
실은 알지만 애써 모르는 척했었던 나를
내 이름은 척이니까
잠시 척이 아닌 척했었던 거지
아니 잠시만 척인 척했었던 거지

작은 카메라 앞에서는 예쁜 척
큰 카메라 앞에서는 순수한 척
더 큰 카메라 앞에서는 진지한 척

카메라도, 사회도 잘 돌아가는 척했다

나는 분명 학교에 다니고 있었는데

월요일에는 어김없이 전학생이 된 것 같았다

안녕, 내 이름은 척이야
인사를 할 때마다
내 이름은 안녕을 가장하는 것 같았다

친구들에게는 착한 척
선생님에게는 더 착한 척
가족들에게는 못된 척

착한 척할 수 있는 힘이 더 이상 남아 있지 않아서

밤마다 거울 앞에서는 눈물이 흘렀다
어깨가 수건처럼 젖어 있었다
젖은 수건처럼 바닥을 향해 있었다

시늉은 흉내가 되고 연기(演技)가 될 거야
결국 내가 되고 말 거야
수건이 젖은 몸으로 말했다
어깨를 추키려고 해도 소용없었다
이미 바닥에 달라붙어 있었다

오
은

나는 괜찮은 척 밖으로 기어 나왔다
오늘도 나를 모른 척 지나쳤다

이제 내일을 위해 착한
척할 궁리를 하며 잠자리에 들 것이다

반성하는 척하며
변화하는 척하며

매일 시작되는 끝
매일 끝나는 시작

내 이름은 척이야
나는 매일 반복된다

—

『유에서 유』, 문학과지성사, 2016.

'척하다'는 "앞말이 뜻하는 행동이나 상태를 거짓으로 그럴듯하게 꾸밈을 나타내는 말"이다. 품사가 보조동사라고 되어 있는데, 이는 '척하다'가 단독으로는 사용될 수 없음을 뜻한다. 보조동사는 말 그대로 본동사와 연결되어 그 풀이를 보조하는 동사이기 때문이다. 가령, "그는 새로 산 볼펜으로 글씨를 썼다"라는 문장은 "그는 새로 산 볼펜으로 글씨를 써보았다"로도 쓸 수 있다. 이때의 '보다'가 바로 보조동사다. '쓰다'와 '써보다'의 미묘한 차이를, 우리는 안다. 일반 진술에 '시도'의 의미를 덧붙일 때 다양한 감정이 피어오를 수 있다. 그것은 흔히 뉘앙스라는 단어로 표현되고, 뉘앙스는 문장에 겹을 만들어준다. 겹을 하나하나 들어올리듯, 같은 문장을 여러 번 읽게 된다.

보조만 하다가 끝나는 삶에 대해 생각한다. 언제나 묵묵히 거들고 돕는 삶에 대해, 정작 앞으로 나서서 자신이 누구라고 주장할 수 없는 처지에 대해, 누군가의 옆에서 겨우 존재 증명을 하는 사람에 대해. 그런데 말이다. 그런 삶이 덜 중요하다고 말할 수 있을까. 그런 처지가 가엾다고 말할 수 있을까. 그런 사람이 불쌍하다고 단언할 수 있을까. 척의 상태에 몸담아보지 않은 사람은 아마 없을 것이다. 척은 보통 부정적으로 해석되지만, 누군가에게는 척하는 것이 회피가 아닐지도 모른다. 때때로 그것은 처절한 자기 증명이다. 낯선 자리에서 호감을 얻기 위해 억지로 웃는 사람에게 무작정 손가락질을 할 수는 없다. 그는 그 상황에서 그럴 수밖에 없었다고 무음으로 포효하고 있었는지도 모른다.

척이 없으면 척 앞에 등장하는 용언도 힘을 잃는다. 척에서 중요한 것은 '그럴듯하게 꾸미는 것'인데, 그 양태나 행동이 그럴듯하지 않으면 척은 실패하고 만다. 척을 척답게 해주는 상태에 대해 생각한다. 태연한 척, 아픈 척, 잘난 척, 잘나가는 척, 괜찮은 척, 못 이기는 척, 들은 척, 아무렇지도 않은 척, 겸손한 척…… . 어떠한 척도 호락호락하지 않다. 왜냐하면 척은 내가 지금 그런 상태가 아니기 때문에 더욱 적극적으로 취하는 태도이기 때문이다. 실제로는 그렇지 않은데 다른 사람 눈에는 흡사 그런 것처럼 보여야 한다. 척하는 사람의 심신은 늘 법석일 수밖에 없다.

문득 예전에 보았던 〈척〉(chuck)이라는 제목의 미국 드라마가 떠오른다. 주인공 척은 대형 전자제품 매장의 직원이지만 비밀리에 CIA 요원 업무도 수행해야 한다. 얼핏 어울리지 않는 두 가지 역할은 어울리지 않기 때문에 역설적으로 짜릿한 순간을 만들어낸다. 신분을 들키지 않으면서 미션을 달성하기는 쉽지 않다. 척도 사람이기 때문에 어쩔 수 없이 생활 속에서 어설픈 구석이 있을 것이다. 그러나 CIA 요원으로서 척은 철두철미하게 일을 처리해야 한다.

CIA 요원 업무를 할 때조차 척은 매장 직원인 척할 수밖에 없다. 척이 미국에서 누군가의 이름이 된다는 사실은 우연이겠지만, 우리 또한 매일 척하기에서 자유롭지 않다. '진짜 나'와 '보이는 나'의 간극은 그렇게 만들어진다. 그리고 보이는 나의 가짓수가 늘어날수록 진짜 나는 상대적으로 희미해질 수밖에 없다.

나는 무수한 척들을 거쳐 어른이 되었다. 어른이 되면 척할 일이 없을 줄 알았는데, 난생처음 맞닥뜨리는 상황에서 나는 늘 당황한다. 진짜 나의 모습이 부끄러워 자주 얼굴을 훔치고 고개를 숙인다. 그럴 때 등장하는 나는 분명 척을 하고 있다. 나인데 내가 아닌 척을 하고 있는 셈이다. 그럴 때마다 분명 나인데, 나임이 분명한데 내가 나라는 사실이 어색하기만 하다. 아직도 나는 많은 일에 서툴고 집 근처에서도 자주 길을 잃는다. 어쩌면 어른인 척 굴고 있는 것인지도 모르겠다.

척의 순간

척의 상태를 지향할 때에는 척으로의 진입이 쉽지 않다. 척으로 들어가는 통로는 비좁고 울퉁불퉁하며 어느 때는 발이 푹푹 빠지는 것 같은 생각이 들기도 한다. 익숙하지 않기 때문이다. 진짜 나와 불화하기 때문이다. 직장에 다닐 때, 아침에 일어나 내가 가장 먼저 했던 일은 출근하는 나, 그러니까 일하는 나로 내 상태를 만드는 일이었다. 자기 최면의 방식으로 나는 사계절 내내 찬물로 머리를 감았다. 한겨울에 머리를 감을 때는 머리끝에 꽁꽁 언 고드름이 달리는 기분이었다. 그래도 정신을 바짝 들게 만드는 효과는 있었다. 헤어드라이어로 머리를 말릴 때면 다시 포근해지는 느낌이 들었지만 이내 도리질을 쳤다. 출근을 해야 하니까. 직장에서는 긴장해야 하니까.

실제로 아침마다 집 밖에 나서면 나는 직장인이 된 것 같았다. 이미 직장인인데 직장인이 된 것 같은 느낌이 드는 게 이상했지만, 나는 직장인의 몸과 마음으로 무사히 회사에 도착할 수 있었다. 직장인답게 커피를 한 잔 뽑아 자리에 앉았다. 직장인답게 일을 하고 점심을 먹고 퇴근을 했다. 직장인답게 야근하기도 했다. 야근할 때 직장인답게 푸념을 늘어놓는 것도 잊지 않았다. 척이 반복되다 보면 일종의 '다움'이 형성된다는 것을 그때 알았다. 그러니까 매일 출퇴근을 하며 나는 직장인다움을 익힌 셈이었다. 내게 절대로 직장 생활은 하지 못할 것이라고 말하던 친구들은 근속연수가 3년이 넘자 비로소 나를 인정해주었다. 나는 웃으면서 대답했다. "그런데 출근하는 게 아직도 어색해."

척에 있어서 가장 중요한 것은 '가짐'이었다. 바로 몸가짐과 마음가짐. 이 둘이 늘 같은 방향으로 가는 것은 아니다. 외려 엇박자로 가는 경우가 많다. 척은 지금의 나와 다른 상태를 지향하므로, 마음은 절대 그렇지 않은데 몸이 먼저 반응하는 경우가 있다. 웃으면 안 되는 진지한 자리에서 나도 모르게 웃음이 터져나오는 상황이 그렇다. 그 반대의 경우도 존재한다. 인사를 해야 한다고 마음을 품었는데 정작 고개는 뻣뻣한 상황을 떠올려보라. 예의 바른 척을 해야 하는데, 나도 모르게 도도한 척을 하고 만 셈이다. 실제의 나는 예의 바름과 도도함, 그 사이 어디께 있을 경우가 많다. 이렇듯 인간은 변변한 인간인 척하는 데 번번이 실패한다. 매일매일 나도 몰랐던 내 모습이 튀어나와 나를 놀랠지도 모른다.

초등학교 2학년 때였다. 나는 담임선생님께 성실한 학생으로 보이고 싶었다. 좀 더 정확하게 말하자면 성실하면서 깔끔하고 인사성도 바른 아이로 보이고 싶었다. 개중 어떤 속성은 실제의 나와 맞닿아 있어 척하기에 그리 어렵지 않았다. 아는 사람을 만나면 인사해야 한다는 것은 집안의 엄격한 규율이기도 했으므로, 나는 늘 주변 사람들에게 밝고 또렷하게 인사를 건넸다. 심지어 "안녕하세요"와 "안녕"은 자면서도 쾌활하고 자연스럽게 할 수 있는 말이었다. 어느 날 옆 반 선생님이 내게 말했다. "너는 인사성이 참 바르구나. 어디 가서 굶지는 않겠다." 저 말을 들었을 때는 짐짓 아무렇지 않았다, 칭찬이었으니까, 밥을 주고 싶게 만드는 능력은 귀한 것이니까.

집에 돌아오는 길에 저 말에 돌부리처럼 자꾸 걸렸다. 돌부리를 차면 발부리만 아프지만, 그렇다고 해서 요리조리 돌부리를 피해 걸을 수는 없었다. 사방에 돌부리가 있었으니까, 돌멩이의 뾰족한 부분은 보는 것만으로도 나를 콕콕 찔러댔으니까. 나는 내가 인사성이 바르다는 사실을 단 한 번도 의심해본 적이 없었다. 그러나 인사성이 바르지 않은 사람을 굶기는 상상을 하니 끔찍했다. 어느 날 내가 (그럴 리야 없겠지만) 깜빡하고 인사를 하지 않는 경우를 떠올려보았다. 나는 제때 인사도 하지 않는 버릇없는 아이라고 손가락질을 당할지도 모른다. "아니야, 걔는 원래 인사 잘해"라고 옆에 있는 사람이 말해준다고 해도 상대는 이렇게 대꾸할 것이다. "인사성 바른 척을 하는 거겠지."

그때부터였을 것이다. 나는 척을 순간적인 개념이라고 생각했다. 밖에서는 웃고 떠들어도 집에 와서 내내 우울한 사람을 떠올렸다. 밝고 한없이 낙천적으로 보이는 사람이 실제로는 그렇지 않을 수도 있다는 사실은 커가면서 깨달았다. 그게 다름 아닌 나였으므로. 나는 어쩌면 나를 연출하고 있는지도 몰랐다. 밖에서 보이는 내가 나의 전부는 아닐 텐데, 사람들은 내 일부분만 보고 나를 판단하려 들었다. 걔는 말이 많아, 가벼워, 시끄러워, 목소리는 또 어찌나 큰지 몰라, 걔 옆에 있으면 정신이 없다니까! 침대에 누워 눈을 감으면 사람들이 나를 비웃는 소리가 들렸다. 나는 어떤 모습이 진짜 나인지 헷갈리기 시작했다. 시끄러운 나도 나고 조용한 나도 나다. 그리고 그사이에서 오락가락하는 것도 나다.

성실한 아이와 인사성이 바른 아이로 생활하는 건 어렵지 않았으나 깔끔한 아이로 둔갑하는 것은 쉬운 일이 아니었다. 담임선생님은 첫날 첫 시간에 책상 위에 꼭 필요한 것만 두라고 말씀하셨는데, 나는 이 말이 쉬 잊히지가 않았다. 나와는 동떨어진 무엇이라서, 내가 해낼 수 없는 과업인 것 같아서. 그때부터 나는 강박적으로 책상을 정리하기 시작했다. 지우개 가루 하나 없이 책상을 쓸고 닦았다. 시시때때로 책상 서랍에 깊숙이 손을 집어넣어 혹시나 먼지가 있지는 않은지 확인하기도 했다. 덕분에 내 책상은 늘 깨끗했고 다행히 담임선생님도 만족해하는 눈치였다. "책상이 깨끗해야 공부도 잘돼. 정리정돈을 잘하는 게 중요한 이유지." 이 말을 곧이곧대로 믿지는 않았으나 믿는 척을 하지 않으면 안 되었다. 쉬는 시간마다 책상을 정리하고 지우개 가루를 모아 휴지통에 버리는 게 버릇이 되었다.

어느 날 엄마가 학교에 다녀갔다. 학부모 면담 때문이었는데 집에 돌아가는 엄마의 표정을 보고 화들짝 놀랐다. 내 평생 그렇게 복잡한 표정은 처음이었다. 기쁨과 당황이 함께 어우러진, 좋다고도 나쁘다고도 명명할 수 없는 표정이었다. 나는 선생님이 엄마에게 무슨 심각한 말이라도 한

줄 알았다. 수업이 끝나고 달음질을 해서 집에 도착했다.
"엄마, 아까 표정이 왜 그랬어? 심각해 보여서 걱정했어."
숨을 헐떡이며 묻는 내 모습을 지켜보며 엄마는 뜸을 들였
다. 선생님이 그제 '슬기로운 생활' 시간에 존 것을 보신 걸
까. 아니면 평소에 신발주머니를 휘돌리며 다니는 것을 눈
치채신 걸까. 가슴이 콩닥콩닥 뛰었다. 내가 아는 성실한
아이는 수업 시간에 졸지도 않고 신발주머니를 돌리며 등
하교하지도 않을 것이다.

"선생님이 너 깔끔하다고 입에 침이 마르도록 칭찬하
시더라. 학교에서는 깔끔한 척을 하는 모양이네? 집에서
는 사방팔방 책들을 부려놓으면서. 집에서는 어지르기 대
장인데 학교에서는 깔끔하다니까 놀랐지. 신기하더라. 내
가 아는 내 아들이 맞나 싶기도 하고." 엄마의 말을 듣고
나는 안도의 한숨을 내쉬었다. "엄마, 학교에서는 깔끔한
거지. 깔끔한 척이 아니라." 입술을 비죽이 내밀며 답했지
만 나는 알고 있었다. 내가 담임선생님의 환심을 사기 위
해서, 아니 정확히 말해 미움을 사지 않기 위해서 깔끔한
척을 하고 있다는 것을 말이다. 그 바람에 학교에서는 잔
뜩 경직된 상태였다가 집에 오면 긴장이 풀려 아무것도 정
리하지 않았다. 그것을 가리켜 엄마는 '숨구멍'이라고 말
해주었다. 사전을 찾아보니 숨구멍의 두 번째 뜻이 다음과
같았다. "답답한 상황에서 조금 벗어나게 됨을 비유적으로

이르는 말." 나는 순순히 인정할 수밖에 없었다. 아홉 살 내내, 나는 학교에서 답답했다.

그때 척이 나를 옥죄기만 한 것은 아니다. 나는 학교가 파하고 집에 돌아오는 길을 좋아했다. 매일 똑같은 길을 걷는데 무료한 적이 단 한 번도 없었다. 혼자 역할놀이를 하며 귀가하곤 했는데, 덕분에 학생으로 등교하고 전혀 다른 직업으로 하교했다. 내가 가장 좋아하는 직업은 뭐니 뭐니 해도 탐정이었다. 당시 나는 아빠가 빌려다준 셜록 홈스 시리즈에 푹 빠져 있었는데, 얼마나 홈스를 좋아했는지 2년이 넘도록 꿈이 탐정이었다. 학창 시절에 2년 동안 한 가지 꿈을 가졌던 것은 그때가 유일하다. 나는 탐정인 척하며 집으로 돌아오는 길을 유심히 살폈다. 개의 발자국을 보면 따라갔다. 담벼락에 붙어 있는 벽보에서 찢어진 부분을 유추하기도 했다. 크게 보면 다를 바 없었지만, 눈을 크게 뜨고 보면 어제와 분명 다른 부분이 있었다. 매일 똑같은 길은 하나도 없었다.

탐정인 척 길을 둘러보고 집에 온 날에는 그날 본 것들을 노트에 기록했다. 대단한 내용은 아니었지만, 내게는 중요한 단서이자 추억의 갈무리였다. 이를테면 이런 것들이었다. "골목에 민들레가 피었음. 민들레는 4월 중순에 피는 꽃인 모양임. 밤에는 노란 꽃이 오므라든다고 하는데, 그 모습은 아직 보지 못했음. 용기가 생기면 밤에 다시 가볼 예정임. 한 번에 오므라드는지 서서히 오므라드는지 알고 싶음." 아마 그때부터 산책을 좋아하게 된 것 같다. 산책하면서 주위를 둘러보는 일을 게을리하지 않게 된 것도 탐정인 척 하교하던 그 시절 얻은 버릇이다. 척의 순간들이 모이고 모여 나는 어쩌면 시를 쓰게 된 것이 아닐까. 지금은 노트가 아닌 휴대전화 메모장에 메모를 남기고 탐정이 아닌 시인의 마음으로 산책하지만, 아홉 살 때 내가 처음 품었던 생각이 어떤 모양일지 헤아려본다. 그때의 몸가짐과 마음가짐이 아직 내 안에서 나를 다독이고 있을지도 모른다.

척의 마음

외출하기 전, 그리고 자기 전에 거울을 들여다본다. 씻고 나서의 얼굴을 마주하는 것이다. 거울을 볼 때마다 이상한 생각이 든다. 어제와 오늘 사이에 뭔가 대단한 일이 벌어지지도 않았는데, 얼굴이 오묘하게 달라진 것이다. 주근깨가 늘어났나, 주름이 늘어났나, 인중에 난 것은 뾰루지인가, 낯빛은 왜 이리 어두운가 등 생각이 연쇄반응을 시작한다. 삼십 년이 훌쩍 넘게 거울을 보고 있지만 아직도 나는 내 모습이 낯설기만 하다. 마치 내가 내 이름을 발음할 때처럼, 졸업식 때 찍은 단체 사진에서 어렵사리 내 모습을 찾아낼 때처럼.

말을 많이 한 날, 일부러 많이 웃은 날에는 밤에 몸살이 난 것처럼 이불 속으로 기어들어갔다. 억지로 나를 꾸민 날에는 어김없었다. 나는 괜찮은 척, 쾌활한 척했지만 속에서는 불이 나고 있었다. 불이 나고 있는데 입으로는 물을 뿌리고 있었다. 속으로 삼켜야 할 액체들이 밖으로 뿜어져 나왔다. 나는 나를 가장하고 있었던 것이다. 가까운 이에게 기운을 전하기 위해 애써 눈을 또랑또랑하게 뜬 날, 마음을 전하기 위해 먼 길을 마다하지 않은 날에는 오히려 괜찮았다. 기꺼이 나를 꾸민 날이었다. 척의 마음은 나의 의지와 욕망을 기가 막히게 반영하고 있었다. 척이 나를 가장하는 용도로 쓰일 때 그것은 나를 갉아먹었지만, 척이 남을 향하는 자세를 취할 때 그것은 내게 불씨가 되어 돌아왔다.

척의 속을 들추어보면 척하고 있다는 사실을 알아주기를 바라는 마음과 척하고 있다는 사실에 눈감아주었으면 하는 마음이 둘 다 있을 것이다. 알면서도 모르는 척해주고, 모르지만 이해하는 척해줄 때 힘을 얻기도 하는 걸 보면 인간은 참 이상하다. 인간이라는 말은 '사이'를 포함하는 말이니, 척의 쓰임에 대해 골몰하는 것도 이상한 일은 아니다. 밝은 척을 할 때 보통 사람들은 내가 밝은 줄 알지만, 가까운 이는 내가 지금 어떤 끔찍한 순간을 맞이하고 있다는 사실을 직감한다. 그는 내가 일부러 더 밝은 척하는 이유에 대해 고심할 것이다. 그러곤 따뜻한 커피나 달콤한 초콜릿을 건네기도 할 것이다. 나는 구태여 괜찮은 척하며 그것들을 받아들겠지만, 실제로 괜찮아지기도 할 것이다. 척 보면 척 아는 사람이 선사하는 기적이다.

내 명함에는 이런 문장이 적혀 있다. "이따금 쓰지만 항상 쓴다고 생각합니다. 항상 살지만 이따금 살아 있다고 느낍니다." 돌이켜보니 '이따금'과 '항상' 사이에 척이 있었다. 탐정인 척하며 순간을 움키고 그때만큼은 거기에 있으려고 노력하는 내가 있었다. 놀랍게도 그 순간이 글이 되었다. 쓰고 있는 척, 살고 있는 척을 할 수는 없다. 쓰는 일, 사는 일은 새기는 일이다. 척하는 일은 새기기 전에 둘러보는 일이다. 내가 정말 맞는지 거울을 빤히 들여다보는 일이다. 애써 외면했던 나 자신을 받아들이는 일이다. 내가 점점 분명해지는 일이다. 척하다 보면 알게 된다. 척하지 않는 꾸밈없는 내 모습이 얼마나 가뿐하고 단출한지, 이 호젓함이 나를 얼마나 단단하게 만들어주는지. 나는 매일 반복되고 더불어 척하는 나도 매일 반복되겠지만, 이것이 진짜 나에게 다가가는 여정이라 믿는다.

도플갱어의 도플갱어

신해욱

체육 시간

체육 시간이 가까워 오면
체육복이 없어지고
나는 땀을 뻘뻘 흘린다.

옷이 젖었다.
나는 내가 두 개인 것처럼
무겁다.
하지만 체육복이 없으니까
가장 가벼운 친구의 등 뒤에
잘 숨기로 하자.
아무것도 아닌 것처럼
준비운동을 하자.

친구의 머리는 어지럽다.
친구의 신체는 내가 흘린 땀으로
엉망이 되고
나는 손과 발이 쓸모없어진다.
코피가 나지 않는다.

체육 시간이
계속해서 끝나가고 있다.

이제는 정말로 숨을 잘 멈추어야 한다.
체육복이 돌아오고
혼자 남겨지는 건 싫다.
숨 고르기 같은 일을
혼자서 할 수는 없는 것이다.

—

『생물성』, 문학과지성사, 2009.

신
해
욱

멸크

"밀크가 아니다."

영어 선생은 칠판에 'Milk'를 적고 교실을 둘러본다. 자부심과 확신에 찬 표정이다. "미국 사람들은 밀크라고 하지 않아. 멸크라고 해야 한다. 따라 해라. 멸크." 점심시간 직후거나 여름방학을 앞둔 더운 날이거나 아무튼 노곤하게 졸음이 몰려오는 시간. 선생의 목소리를 뒤따라 맥없는 웅얼거림이 흩어지며 선풍기 소리에 섞인다. 다시. 멸크. 선생은 목소리를 높인다. 멸크라 그랬어? 자다가 깬 누가 누구에게 속삭이는 소리가 들린다. 소리가 들린 뒷자리로 몽당분필이 날아간다. 나를 포함한 우리 반 애들 대부분 Milk의 본토 발음이 어떤지 아는 것은 아니다. 하지만 그런 우리의 귀에도 영어 선생의 '멸크'는 지나치게 정직한 2음절로 들린다. 정년을 몇 년 앞둔 늙은 영어의 발음이 후지다는 소문쯤은 애저녁에 퍼진 상태이기도 하다. 선생은 당구봉으로 칠판을 탕탕 두드리고 Milk에 밑줄을 긋는다. 다시. 멸크. 목소리가 높아진다. 발소리가 다가온다. 분필이 하얗게 묻은 손가락이 내 책상을 두드린다. 다시. 멸크. 교실에 정적이 감돈다. 교과서가 머리와 어깨를 연거푸 후려친다. 종이 울린다. 다시. 멸크. 선생은 쉬는 시간이 되었는데도 나를 봐주지 않는다. 다음 시간은 체육인데. 체육복을 갈아입어야 하는데. 어김없이 체육복을 챙겨오지 않았는데. 선생은 금쪽같은 쉬는 시간을 5분이나 까먹고서야 문을 나선다. 기다렸다는 듯 교실이 수선스러워진다. 달아오른 얼굴로 나는 숨을 고른다. 체육복을 빌리러 옆 반 뒷문을 기웃거린다. 옆의 옆 반도 넘겨다본다. 아는 얼굴이 하나같이 고개를 젓는다. 쉬는 시간이 흐른다. 옆의 옆의 옆 반은 음악실 수업인지 과학실 수업인지 앞뒷문이 다 잠겨 있다. 체육 시간이 시작되지도 않았는데 벌써부터 땀이 난다. 없다. 계속 없다. 나는 어느새 복도의 끝에 있다. 복도의 반대편 끝에 있는 우리 반은 까마득히 멀다. 창밖의 운동장에는 체육복을 입은 아이들이 구령에 맞춰 트랙을 돌고 있다…….

1988년, 중학교 2학년 때의 일이다. 그날 내가 왜 선생에게 맞았는지는 잘 기억이 나지 않는다. 멸크라니, 멸치만 생각나서 시키는 대로 따라 읽지 않고 실실 웃었던 것도 같고 교과서 밑에 숨겨두고 읽던 만화책을 들켰던 것도 같다. 아니면 창가에 앉아 체육복 차림의 L선배가 청재킷을 어깨에 걸치고 운동장을 가로지르는 모습을 멍하니 지켜보고 있었던가.

1년 선배인 L을 볼 때면 가슴이 뛰었다. L은 여자중학교인 우리 학교 일진이었고 학급 체육부장이었다. 귀와 목덜미가 훤히 드러나는 상고머리였지만 앞머리는 눈을 덮을 만큼 길어서 버릇처럼 아랫입술을 내밀어 후후 불어올리고는 했다. 나는 L의 체육 시간을 꿰고 있었다. 교실 창밖으로 L이 체육 선생과 보조를 맞추어 배드민턴 시범을 보이거나 배구공을 다루는 모습을 종종 훔쳐보았다. 정작 말을 붙여볼 엄두는 내지 못하면서 친구를 통해 편지를 주기적으로 건네고 생일 선물과 발렌타인 초콜릿을 챙기기도 했다.

L의 선명한 입술선과 인중을 떠올리며 나는 상상의 로맨스를 머릿속으로 굴리곤 했다. 누가 L의 연인이 되면 좋을까. 나? 아니다. 왠지 몰라도 나는 아니었다. 그러면 김승진이나 박혜성(당시의 아이돌 남자 가수들이다)? 아니다. 그렇게 되면 L의 터프한 아름다움은 어쩌란 말인가. 그러면 내 또래의 다른 여자애? 싫다. 질투가 난다……. 궁리 끝에 나는 L의 이란성 쌍둥이 L′를 만들었다. L이 사랑하는 상대를 L과 똑같은 외모의 L′로 만들고서야 마음이 놓였다. 남장소녀가 나오는『베르사유의 장미』나『불새의 늪』같은 순정만화를 밤새워 탐독하던 때였으니 그 영향이었을지도 모른다. 쌍둥이인 여자 L과 남자 L′는 서로의 존재를 모르고 지내다가 어느 날 기적적으로 만난다. 잃어버린 반쪽을 찾은 것처럼 L과 L′는 격렬한 사랑에 빠지고 한쪽이 불치병에 걸리고 근친상간의 금기 앞에서 오열하고 나르시시즘 속에서 허우적거리고……. 나는 생각만으로도 가슴이

찢어지고……. 영어 선생이 '멸크'에 열을 올릴 때 이 로맨스를 구상하느라 정신이 팔려 있었던가.

여하간 선생에게 다짜고짜로 얻어맞으면서는 체육복 생각뿐이었다. 체육복을 챙겨오지 않은 걸 체육 시간 바로 전에야 깨닫고 허겁지겁 체육복을 빌리러 다닌 일은 이후로 고등학교를 졸업할 때까지 상습적으로 반복되었는데, 없으면 없는 대로 혼나면 혼나는 대로 태평할 것도 아니면서 왜 그랬는지 통 모르겠다. 마치 체육복을 챙겨오지 않은 게 처음이라는 듯 매번 당황하면서. 이 교실 저 교실로 체육복을 찾아 뛰어다니면서. 체육복 없음의 상태에 매달리기라도 하려는 듯이. 비굴함과 조바심이 뒤범벅된 기분과 두피에 땀이 차던 불쾌한 감각이 남아 있다. 일종의 미필적 고의였을까. 지금으로서는 그 마음이 짐작 가지 않아 이게 다 꿈속에서 있었던 일은 아닌가 의심이 가기도 한다.

T-바이러스

'멸크 사건'을 기억에서 되살려 노트에 적어둔 건 십몇 년 전이다. 소설을 써보려던 참이었고 저 해프닝을 도입부에 배치하려고 했다. 많은 이들이 그렇듯 나 역시 나의 성장기를 한 번쯤은 이야기 형식으로 옮기고 싶은 욕망이 있었다. 타임머신이나 타임슬립 모티프를 빌려 열다섯 살 무렵으로 돌아가는 시간여행 이야기를 계획했다. 과학 지식이 형편없으니 광속의 비행선에 태우는 건 무리겠지만 정통 SF를 쓰려는 건 아니니까 다른 방법을 찾아보면 된다. 나는 신비의 물약이라든가 부적이라든가 아니면 시공간이 어긋나는 특이지대처럼 대충 넘어가도 될 법한 모티프 중에 무엇을 활용하면 좋을지 따져보고 있었다.

그런데 막상 한 단락을 쓰다 보니 마음의 자리가 헷갈렸다. 이야기 속의 나는 열다섯 살의 마음이어야 할까, 열다섯 살을 돌아보는 서른 살의 마음이어야 할까. 어느 쪽인가에 따라 설정이 달라져야 했다. 서른 살의 마음이고자 한다면 성인이 된 현재의 나를 1988년으로 보내어 열다섯 살의 나를 조우하게 만들어야 한다. 아니라면 말 그대로 시간을 되감아 열다섯 살을 다시 살게 해야 한다.

작정이 서지 않은 채로 나는 열다섯 살의 나에 대해 조금 더 진지해질 수밖에 없었다. 격정적인 청소년기를 보낸 건 아니라 해도 회한을 불러일으키는 일들이 두서없이 떠올랐다. 그때 그러지 않았다면. 그러지만 않았다면. 조금만 덜 어리석었다면. 조금만 더 용기가 있었다면. 하지만 그때의 그 마음으로 정녕 다른 선택이 가능했을까. 성인이 된 내가 과거로 돌아가 열다섯 살의 나를 따라다니는 설정이라면 '3인칭 잔소리 시점'에 가까워질 것이었다. 옷자락을 붙잡아 말리고 싶은 일이 한두 가지겠으며 등을 떠밀어 다그치고 싶은 일은 또 오죽할까. 반면 열다섯 살의 나이를 그대로 다시 살게 되는 설정이라면 1인칭의 좁은 시야 안에 머물러야 할 것이었다. 나는 또다시 청소년기의 치기 어린 선택들을 반복하게 되겠지. 어느 쪽도 내키지 않았다. 부모와 교사의 잔소리도 지겨운 판에 생판 모르는 여자의 훈계까지 들어야 한다? 열다섯 살의 내가 고분고분 받아들일 리 없었다. 아니면 주눅 들고 으스대고 빼기며 어처구니없이 널뛰던 그 시절의 마음으로 고스란히 되돌아간다? 이번엔 성인이 된 내가 차마 봐주고 싶지 않았다.

궁여지책으로 떠올린 방법은 한 몸뚱이에 두 마음을 동거하게 하는 것이었다. 시간 감염을 일으키는 T-바이러스가 있다고 하면 어떨까. T-바이러스에 전염되면 전염된 순간의 마음과 의식이 15년 전으로 돌아간다. 열다섯 살의 몸과 마음이 느끼고 생각하고 행동하는 것을 서른 살의 마음은 정수리나 뒤통수 어딘가에 기생하며 가만히 지켜만 보는 것이다. 군말을 덧붙이지 않으면서. 15년 전의 흑역사를 다시 뒹굴며 허우적거리는 것도 아니면서.

구상은 조금 더 진전되었다. 서른 살의 어느 날, 일을 하다 고개를 들어보니 나는 T-바이러스에 감염되어 교실에 앉아 있다(위에 적은 '멜크 사건'의 현장이다). 서른 살의 마음은 당황스럽기 짝이 없지만 열다섯 살의 마음은 아무렇지 않다. 학교를 파한 뒤, 나는 버스를 타고 집에 돌아가다가 다른 학교 학생 둘의 대화를 엿듣게 된다. YMCA에서 청소년 문학창작모임이 한 달에 두 번 열린다는 것이다. 솔깃한 마음으로 나는 가입 신청서를 제출하고 제법 까다로운 면접을 거쳐 신참 회원으로 이름을 올린다. L선배의 이란성 쌍둥이 로맨스를 본격적으로 창작해보겠다고 결심한 상태다. 그런데 막상 모임에 나가 보니 회원은 모두 T-바이러스 감염자들이다. 간판만 창작모임일 뿐 실제로는 증상을 공유하고 바이러스의 감염 경로를 추적하여 원인을 규명하려 한다. 열다섯 살의 나는 이조차도 무슨 집단 창작 기획인가 신기해하고 서른 살의 나는 속으로 고개를 끄덕인다. 원만히 굴러가던 모임은 차차 갈등을 반복하다 백신파와 안티백신파로 갈라진다. 백신파는 백신을 만들어 두 겹의 삶에서 어서 탈출하려 한다. 안티백신파는 바이러스의 활동력을 강화하여 두 겹의 삶을 연장시키는 방법을 찾으려 한다. 나의 경우는 처음에 백신파 쪽에 기울다가 마음이 바뀌어…….

이야기는 얼마 못 가 흐지부지되고 말았다. 고심 끝에 나름 기특한 아이디어를 찾았다고 생각했지만 아이디어만으로 손가락이 춤추듯 움직여 소설을 완성시킬 리는 없었다. 열다섯 살의 마음과 서른 살의 마음을 한 몸에 동거하게 만든다고 해서 애초의 저항감이 해소되는 것도 아니었다. 유쾌한 일화들을 적을 땐 즐거웠지만 축축한 기억의 차례가 오면 손이 나가지 않았다. 서른 살의 마음은 조용히 틀어 앉아 관찰만 해야 했건만 무심결에 앞으로 튀어나와 열다섯 살의 혼란을 정리하려고 했다. 나는 나를 답답해하거나 부끄러워하거나 가련해하고 있었다. 나의 어리석음을 자꾸 환경과 상황 탓으로 돌리려 했고, 냉정해지자고 마음을 다잡으면 반대로 위악과 자학이 불거졌다. 그건 마치 남에게 책잡히기 전에 나서서 나를 혼내고 벌주는 것과 같아서 일종의 셀프 면죄부를 발부하고 자기연민이나 변명에 빠지는 것과 다를 바가 없었다. 두 겹의 마음을 살려내기는커녕 두 겹의 감옥에 갇히는 기분이었다.

함부로 뒤섞인 열다섯의 마음과 서른의 마음을 두고 우왕좌왕하다가 나는 소설 대신 구멍이 숭숭 뚫린 몇 편의 시를 썼다. 「체육 시간」이라는 시도 그중 하나다. 선명하게 머릿속에 남은 기억은 영어 시간에 당한 어리둥절한 체벌인데 희한하게도 체육 시간 쪽에 고여버린 감정적 곤혹. 챙겨오지 않은 것이 아니고. 흘리거나 잃어버린 것이 아니고. 감쪽같이 없어진 것만 같은 체육복. 한없이 깊은 사물함. 텅 빈 복도. 다시. 멸크. 영어 선생의 목소리. 헝클어진 나의 머리. 운동장의 L선배. 다시. 멸크. 누가 숨겨주면 좋겠어. 업혀서라도. 숨어 있어주면 좋겠어. 꺼져. 국민체조. 무겁더라도. 껌딱지처럼. 시작.

구멍

네덜란드의 바닷가 소년 이야기가 떠오른다. 제방에 구멍
이 뚫린 것을 발견하고 저지대의 마을이 물에 잠길 것을
염려하여 밤새 손가락으로 그 구멍을 막고 있었다던가. 나
는 기억의 제방에 뚫린 구멍을 발견한다. 그대로 두면 시
간의 홍수에 휩쓸릴 것만 같아 단어로, 문장으로, 그 구멍
을 틀어막는다. 겨우 틀어막고만 있을 뿐 더 튼튼한 제방
을 쌓지는 못한다.

근묵자흑

쓰다 만 소설 파일을 훑어보다 잠든 밤, 정류장에 버스가
선다. 앞문이 열린다. 우리는 우르르 버스에 오른다. 체육
복 윗도리에 교복 치마를 펄럭이며 맨 뒷좌석으로 몰려간
다. 가방을 아무 데나 팽개치고 도시락을 까먹는다. 하나
의 숟가락이 이 입 저 입으로 들락날락거린다. 이 입 저 입
의 끈적한 침이 숟가락을 따라 길게 늘어진다. 앞자리에는
아줌마가 앉아 있다. 아이고. 좋을 때다. 아줌마의 등에서
소리가 난다. 지랄이야. 뭘 안다고 좋을 때래. 우리는 아줌
마의 등을 째려본다. 아줌마의 등은 운동장만큼 넓다. 우
리의 욕은 기름을 친 것처럼 부드럽다. 아줌마가 고개를
돌린다. 아줌마의 목도 기름을 친 것처럼 부드럽다. 근묵
자흑이야. 아줌마가 가만히 웃는다. 나의 얼굴을 하고 나

의 잇몸과 덧니를 드러내며 빙글거린다. 검은 잉크가 흘러내린다. 근묵자흑이라니까. 손톱이 물든다. 물들기 싫은 우리는 다 어디 가고 나 혼자 버스에 남아 시골길을 달리고 있다. 마음이 급해진다. 나는 노트를 편다. 잉크가 마르고 있다. 잉크가 마르면 꿈이 끝날 텐데. 마르기 전에 다 받아 적어야 하는데. 애들의 소란을 다 옮겨야 하는데. 버스가 갑자기 선다. 몸이 앞으로 쏠리고 애들이 우르르 쏟아지고,

잉크가 마른다.

눈을 뜬다. 이불 속에 잠시 그대로 누워 버스에 두고 온 마음을 생각한다. 이것은 일종의 소망성취였을까. 아니면 소망의 불가능에 대한 확인이었을까. 중학생과 아줌마 사이에는 척력 같은 것이 작용했다. 근묵자흑에 흠칫 놀랐고 서로에게 물들고 싶지 않았다. 근묵자흑. 그것은 L선배에게 주려던 나의 선물을 담임이 압수하며 한 말이기도 했다. 걔는 노는 애야. 너도 놀려고 그러니? 근묵자흑. 몰라?

지나간 미래

루이스 캐럴이 지은 『거울 나라의 앨리스』에는 「재버워키」라는 시가 들어 있다. 이 시에는 괴상한 단어들이 많이 등

장하는데 '씩퓔씩퓔'(frumious)도 그중 하나이다. 작가의 설명에 따르면 이 단어는 '씩씩대다'(fuming)와 '퓔퓔 뛰다'(furious)를 일체화한 형용사라 한다. 두 단어를 한꺼번에 말해보면 어떨까. 만약 씩씩대는 쪽이 손톱만큼이라도 앞선다면 '씩씩퓔퓔'이 될 것이다. 퓔퓔 뛰는 쪽에 약간의 무게라도 더 실린다면 '퓔퓔씩씩'이 될 것이다. 어느 쪽으로도 기울지 않고 완벽하게 공평할 경우에만 '씩퓔씩퓔'이라는 말이 입 밖으로 나오게 된다(유나영 번역, 『운율? 그리고 의미? / 헝클어진 이야기』).

청소년의 몸 안에 청소년의 마음과 어른의 마음이 함께 머무는 이야기를 쓰는 것. 이 기획도 어쩌면 '씩퓔씩퓔' 같은 것이었을지 모른다. 현재시제와 과거시제를, 1인칭 주인공 시점과 3인칭 관찰자 시점을 한 문장 안에 동시에 구현하려는 셈이었으니까. '씩퓔씩퓔' 같은 생경한 문장으로 이야기를 꾸리는 건 처음부터 무리였을 것이다. 그럼에도 불구하고 잠시나마 나는 흐뭇함에 젖어 있기는 했다. 누가 나를 지켜주거나 가만히 지켜봐주는 듯한 기분이 들었기 때문이다. 나는 혼자이면서 혼자가 아니다. 나보다 경험이 많고 시야가 넓고 조금 더 지혜로운 도플갱어와 함께 있다. 내부에 장착된 도플갱어는 나를 조종하지 않고 강제하지 않고 억압하지 않고 부릅뜬 눈으로 감시하거나 검열하지 않고, 다만 같이 있어준다. 말하자면 수동적이고 초월적이며 상냥한 나만의 고유한 어른이.

그 어른의 나이는 서른 살. 법적 성년에 접어들고서도 한참이 지났으니까 열다섯 살의 나에게 '어른'이 되어줄 수 있으리라 믿었던 건가. 실은 그 반대였던 것 같다. 나는 다 큰 사람이 되었는데도 나를 의탁할 수 있는 '어른'을 간절히 원했다. 서른이라니, 갑자기 노숙한 느낌이 들어 착잡하면서도 어려운 기로에 설 때면 누가 길을 알려주고 힌트를 던져주기를 바랐다. 다만 바깥에서 들어오는 조언에는 한계가 있다는 것을 비로소 깨닫고 있었을 따름이다. 바깥으로 열린 귀는 늘 지나치게 얇거나 두껍다. 말은 귓바퀴에서 겉돌거나 한쪽 귀로 들어와 한쪽 귀로 빠져나간다. 바깥이 아닌 바깥, 타자가 아닌 타자, 내가 아닌 내가 어딘가에 있다면. 있을 수 있다면. 그 생각이 허파에 산소를 꽉 채웠다. 청소년기를 돌아보려고 궁리한 설정이었지만, 사실 도플갱어에 대한 판타지는 이미 지나간 시간을 향하기보다는 앞으로 다가올 시간에 대한 소망을 담고 있었던 것인지도 모른다. 그러니까 15년 후의 시선이 현재의 나를 비난하거나 원망하지 않기를. 동시에 현재의 내가 15년 후의 나를 실망시키지 않기를.

그때로부터 다시 15년 가까운 시간이 지났다. 이 정도 시간이면 삶에 대한 확신이 서고 관록도 좀 붙어 '어른'이 되어 있을 줄 알았는데. 어림없는 일이다. 그 사이 확신하게 된 것이 하나 있다면, 삶에 대한 확신 같은 것은 죽을 때까지 찾아오지 않으리라는 것. '진정한 어른' 같은 것은 평생 될 수 없으리라는 것. 뒤를 본다. 나의 어떤 부분이 훼손되었다는 느낌이 든다. 잃어버린 것들이 있다. 잃어버린 사람. 잃어버린 기회. 잃어버린 신뢰. 잃어버리기 전으로 돌아가고 싶은 관성이 우울을 낳는다. 늘 잃어버리기만 한 것은 아닐 텐데, 잃어버린 것의 빈자리가 오래도록 선명하게 만져지는 데에 반해 빛으로서 내게 온 것들에 대한 감각은 안타깝게도 쉽게 휘발되어버린다.

보르헤스의 글에서 읽었던가. 시간은 미래에서 과거를 향해 흐르는 것이라고. 인간은 그 흐름을 거슬러 헤엄을 치고 있다고. 미래가 과거로 녹아드는 순간이 바로 현재라고. 눈을 비비고 다시 뒤를 본다. 지나간 미래가 있다. 지나간 미래의 도플갱어가 나를 보고 있다. 가만히 지켜봐주고 있다. 나는 잃어버린 것들을 기억한다. 굳이 기억하려 하지 않아도 저절로 기억이 난다. 그러나 나는 잃어버리지 않은 것들도 기억해야 한다. 잃어버림으로써 얻은 것들도 기억해야 한다. 있었으나 있는 줄 몰랐던 것들도 기억해야 한다. 미래에서 온 것들을 기억해야 한다. 처음부터 내 것이었던 것은 없었음을 기억해야 한다. 상실의 어둠과 함께, 지나간 미래에서 점멸하는 상실의 빛도 기억해야 한다.

내 이름은 빨강

김행숙

미완성 교향악

소풍 가서 보여줄게
그냥 건들거려도 좋아
네가 좋아

상쾌하지
미친 듯이 창문들이 열려 있는 건물이야
계단이 공중에서 끊어지지
건물이 웃지
네가 좋아
포르르 새똥이 자주 떨어지지
자주 남자애들이 싸우러 오지
불을 피운 자국이 있지
2층이 없지
자의식이 없지
홀에 우리는 보자기를 깔고

음식 냄새를 풍길 거야
소풍 가서 보여줄게

건물이 웃었어

뒷문으로 나가볼래?
나랑 함께 없어져볼래?
음악처럼

—

『사춘기』, 문학과지성사, 2003.

김
행
숙

1

"정말로 이 이야기를 듣고 싶다면, 아마도 가장 먼저 내가
어디에서 태어났는지, 끔찍했던 어린 시절은 어땠는지, 우
리 부모님이 무슨 직업을 가지고 있었는지, 내가 태어나
기 전에 무슨 일들이 있었는지와 같은 데이비드 코퍼필드
(찰스 디킨스의 동명 소설의 주인공) 식의 아무 짝에도 쓸모없
는 이야기들에 대해서 알고 싶을 것이다." 이런 첫 문장으
로 시작하는 『호밀밭의 파수꾼』을 읽은 것은 열세 살, 초등
학교 6학년 어느 봄날이었다. 홀든 콜필드의 자서전은 2박
3일간의 이야기로 이루어져 있다. 학교에서 퇴학당했으
나 아직 그 소식이 부모님에게는 전해지지 않았던 3일. 그
런 3일이라면 무슨 일이 일어나도 이상하지 않을 것이고,
절벽 같은 계단을 아찔하게 뛰어 내려가는 기분일 것이다.
만약 인생이 계단으로 이루어져 있다면, 서로 닮은 계단들
이 많아서 다람쥐 쳇바퀴 돈다고도 하겠지만, 간혹 어떤
계단은 다음 계단으로 건너가기 위해 온몸이 허공에 걸리
기도 한다.

2

1982년 쌀쌀한 어느 봄날, 우리 가족은 444.7km의 철로를
달리는 경부선 무궁화호를 타고 서울역에 도착했다. 가
난한 사람들의 이삿짐은 고속도로를 달려와서 비슷한 시

각에 서울에 입성했을 것이다. 그리고 그 낯설고 이상하게 구슬펐던 주말을 지내고 찾아온 첫 번째 월요일, 나와 내 여동생은 각각 외로운 전학생이 되어, 배정받은 6학년 ○반, 4학년 ○반 교실에서 담임교사로부터 자기소개를 권유받았을 것이다. 내 여동생의 기억력은 내가 전혀 기억하지 못하는 어린 시절의 디테일들을 문득 마법처럼 생생하게 살려내는 데 언제나 탁월했으니, 그녀에게 물어보면 우리가 도대체 몇 반 교실에서 그 혹독한 1년을 보냈던 건지 알아낼 수 있을지도 모른다. 그러나 1반, 2반, 3반…… 그런 숫자들은 내게 다 똑같이 느껴진다. 학교의 교실들이란 다 비슷비슷하고, 드르륵 검은 스크린처럼 열리던 그 미닫이 나무 문짝은 4반, 5반, 6반 할 것 없이 거의 완벽하게 똑같다. 중요한 것은 그런 것이 아니었다.

그날 처음 보는 60여 명의 서울 아이들 앞에서 나는 입술을 달싹여 내 사투리 억양을 최초로 드러냈을까. 나는 서울 말씨의 공간, 그러니까 완전히 달라진 청각적 환경 속에 놓이게 되었다. 내 입에서 나오는 말들이 두꺼비처럼 어색하고 불편하고 외로운 것이 되었다. 그땐 내게 그런 게 제일 중요했다. 그러니까 지금도 심장을 조이는 풍경이란 것이, 어떤 규칙에 맞춰 아이들이 교과서를 돌아가며 읽는 국어 시간 같은 것이다. 내 차례에 이르면, 그 순간 교실에 느닷없는 고요가 날아와 꽂히는 것 같았다. 정확히 그 부리는 나를 향해 있었다. 갑자기 새 한 마리가 날아들어 뾰족한 부리로 내 오른쪽 관자놀이를 쪼아댔다. 교실의 아이들은 모두 숨을 참으며 나의 목소리를 초조하게 기다렸다. 푸드덕거리는 새의 뻣뻣한 깃털 같은 키득거림이 공기 중에서 만져지는 것 같았다.

졸업식 날 어떤 남자애 하나가 내게 다가와 불쑥 꺼내놓았던 말을 기억하고 있다. "난 네가 벙어리인 줄 알았어." 나는 최대한 말을 줄이고 줄였다. 학교에서 돌아와 방문을 걸어 잠그고 나면 비로소 긴 숨이 쉬어졌다. 이불을 뒤집어쓰고 어둠 속에서 아무 책이나 소리 내어 읽었다. 그 시절 나는 책의 세계로 도피한 것이 아니라, 책이 소리가 되는 순간들에 사로잡혀 있었다. 사투리의 모서리를 과일처럼 돌려 깎으면서 나는 내 바깥세계인 그 아이들의 말투를 흉내 냈다. 이런 짓거리가 수치스러웠지만 나는 멈출 수가 없었다.

이불 밖으로 나왔을 때는 거울이 내 대화 상대가 되어주었다. 그리고 비슷한 필요를 느꼈을 것이 틀림없는 4학년 여자애 하나가 나를 훌륭하게 리드하는 파트너가 되어주었다. 두 자매는 낭독을 주고받는 방식으로 책을 읽었다. 그때는 음성으로 변환될 수 있는 글자들의 모음이라면 어떤 책이라도 상관없었지만,『호밀밭의 파수꾼』처럼 왠지 모르게 끌리는 책들은 또 따로 있었다.

비눗방울처럼 방 안을 떠다니던 여동생의 낭랑한 목소리. "……그렇지만 이 박물관에서 가장 좋은 건 아무것도 움직이지 않고 제자리에 있다는 것이다. 누구도 자기 자리에서 꼼짝도 하지 않는다. 이를테면 10만 번을 보더라도 에스키모는 여전히 물고기 두 마리를 낚은 채 계속 낚시를 하고 있을 것이고, 새는 여전히 남쪽으로 날아가고 있을 것이다. 사슴은 여전히 멋진 뿔과 날씬한 다리를 보여주며 물을 마시고 있을 것이고, 젖가슴이 드러난 인디언 여자는 계속 담요를 짜고 있을 것이다. 변하는 건 아무것도 없다. 유일하게 달라지는 게 있다면 우리들일 것이다."

3

우리들은 제각각이었는데, 그리고 우리는 시시각각 달라졌는데, 학교의 분위기는 언제나 '같은 말씨'를 사용하도록 강제했다. 낯설고 잔인했던 봄이 가고 그해 여름이 상처 많은 무른 복숭아처럼 우리에게 찾아왔을 때, 학교에 들어가지 않았던 막내 여동생만이 사투리를 보존하고 있었다. 사투리는 내가 배반한 유년이었다. 어떤 어른들은 어린 여자애의 작은 입술에서 음악처럼 나오는 사투리의 리듬을 유난히 귀엽게 여겨서 자꾸 말을 시키면서 즐거워했는데, 어쩌면 그건 순전히 막내 여동생이 인형처럼 예쁜 외모를 가졌기 때문이었는지도 모른다. 나는 그런 어른들이 정말이지 싫었다. 어린 여동생의 팔목을 낚아채서 그들로부터 용감하게 나의 작은 공주를 구출해 나오고 싶었지만, 팔목에 힘을 조금 주었을 뿐 나는 그 자리에서 이도 드러내지 못하고 수줍게 웃고 서 있을 따름이었다.

이따금 나는 상상해보았을 것이다. 서울에서 한 아이가 부산의 용산국민학교로 전학을 간다. 부산 아이들도 서울 아이의 국어책 읽는 소리를 초조하게 기다리겠지. 드디어 내 차례가 오면, 나는 다락방의 작은 창문 같은 책을 두 손으로 꼭 잡고 소리 내어 읽기 시작한다. 서울 말씨로 또 박또박. "날씨는 마녀의 젖꼭지처럼 매섭게 추웠고(『호밀밭의 파수꾼』), 나는 마녀의 젖꼭지를 숨기고 있습니다. 나를 물면 죽습니다." 아아, 그 고독은 달콤하다. 그러므로 나는 내가 배신자라는 걸 알았다.

그 당시 내가 소수자였다면, 그것은 '서울 중심주의' 안으로 스스로 걸어 들어가서 포획된 것이다. 그리하여 사나운 사냥개들에 둘러싸인 순한 짐승의 눈망울을 하고 있었던 것이다. 내 수치심의 안쪽을 들여다보면 노예의 심장이 얌전히 하염없는 수축 운동을 하고 있었다. 가끔씩 심장이 너무 빨리 뛰어서 터질 것 같았다. 폭탄을 껴안은 채 눈에 띄지 않는 아이가 되기 위해 나는 날뛰는 나를 계속해서 죽였다. 부끄러워, 부끄러워, 부끄러워 죽고 싶었다.

이 무렵부터 홍조 증상이 생겼다. 시도 때도 없이 얼굴이 빨개졌다. 붉은 얼굴의 나타남은 일종의 공격이었는데, 나는 그걸 피할 도리가 없었다. 똥이나 오줌이 마렵다고 아무 데서나 막 싸는 건 곤란하지 않은가. 우리는 똥과 오줌을 어느 선까지 참을 수 있다. 다시 말해, 그 누구라도 화장실이라는 사적 공간으로 찾아들어가 완전한 혼자가 될 때까지는 어떻게든 참는 것이다. 그런데 얼굴이 빨개지는 것은 참아지는 성질의 것이 아니다. 붉은 얼굴의 배설은 혼자만의 방이나 은밀한 변소 같은 것을 찾아낼 때까지 나를 기다려준 적이 단 한 번도 없다. 그것은 즉각적인 것이었고 조절할 수 있는 성질의 것이 아니었다. 그래서 나는 나의 불안정한 내면을 속수무책으로 드러내고 서 있을 수밖에 없었다. 내면의 폭탄이라는 것이 있다면 저절로 안전핀이 뽑혀 날아가는 아찔한 순간인 것이다. 사람들 앞에서 오줌을 흘리고 있는 기분이었다. 피부가 벗겨진 사람 같았다. 그 순간 나는 세상에서 가장 못생긴 아이였다. 기분이 정말 꽝이었고 바닥이었다. 나는 더 떨어지고 싶었지만 더 떨어질 곳조차 없는 추락의 감정을 맛봤다.

4

사랑스러운 여동생 피비가 콜필드를 다그친다. "오빠는 모든 일을 다 싫어하는 거지? 학교마다 싫다고 했잖아. 오빠가 싫어하는 건 백만 가지도 넘을 거야. 그렇지? 아니라면 뭘 좋아하는지 한 가지만 말해봐."

혼미한 정신 속에서 진짜 좋아하는 한 가지를 생각해 내느라 한참 끙끙대다가 콜필드는 대답했다. "나는 늘 호밀밭에서 꼬마들이 재미있게 놀고 있는 모습을 상상하곤 했어. 어린애들만 수천 명이 있을 뿐 주위에 어른이라고는 나밖에 없는 거야. 그리고 난 아득한 절벽 옆에 서 있어. 내가 할 일은 아이들이 절벽으로 떨어질 것 같으면, 재빨리 붙잡아주는 거야. 애들이란 앞뒤 생각 없이 마구 달리는 법이니까 말이야. 그럴 때 어딘가에서 내가 나타나서는 꼬마가 떨어지지 않도록 붙잡아주는 거지. 온종일 그 일만 하는 거야. 말하자면 호밀밭의 파수꾼이 되고 싶다고나 할까. 바보 같은 얘기라는 것은 알고 있어. 하지만 정말 내가 되고 싶은 건 그거야."

얼굴이 잘 빨개지는 소녀들이여, 드넓은 호밀밭을 천방지축 달리자. 소녀는 자라서 호밀밭의 파수꾼이 되고 싶다. 30년이 흘렀고 자연히 내게서 그 소녀의 얼굴이 사라지고 더불어 정말 많은 것들이 변하고 바뀌었다. 그러나 그 아이의 영혼은 나를 떠나지 못했다. 내 안으로 더 깊이 파고들어와 웅크리고 있는 것이다. 더 이상 자라지 않는 아이들을 나는 느낄 수 있다. 느끼고 싶지 않지만 느낌이란 것도 참아지는 것이 아니지 않은가. 그 아이들이 스스로를 밀어 떨어뜨리는 절벽 옆에 나는 얼마나 바보처럼 서 있느냐. 이따금 파수꾼의 긴장이 참을 수 없게 느껴질 때가 있다.

서른 즈음이었던 것 같다. 나는 피부과에서 홍조 증상을 없앨 수 있으리란 기대를 잠시 품었던 적이 있다. 의사는 말했다. "과민하시네요." 얼굴이 잘 빨개지는 여자는 순진한 인상을 준다고, 남자들에게 믿음을 준다고, 좋은 점을 생각해보라고, 자신감을 가지라고, 뭐 그런 말들이 '과민'이라는 어휘 뒤에 재빠르게 따라붙었던 것 같다. 그는 선의였겠지만, 피부과 의사에게 기대했던 말은 전혀, 전혀 아니었다. 실은 기분이 좀 나쁘기도 했다. 초음파로 피부장벽을 강화하거나, 레이저를 쏘아 혈류량이 늘어난 혈관을 파괴하거나, 그런 류의 물리적인 방법이 내 문제를 근본적으로 해결해주지 못하리란 걸 알았지만, 그럼에도 불구하고 그 당시 나는 꽤 솔깃한 마음으로 병원을 찾았던 것이다.

괜찮아, 불타오르는 얼굴을 화장으로라도 좀 누그러뜨릴 수조차 없었던 80년대 중학생, 고등학생으로도 살아봤는데 뭐. 파운데이션은 못 돼도 비비크림만이라도 얼굴에 바를 수 있었다면 나는 학창 시절을 한결 수월하게 보낼 수 있었을 것이다. 그래서일까. 나는 올리브영이나 더페이스샵 같은 화장품 매장에서 어린 소녀들이 하얀 손등에 파운데이션이나 립스틱의 색상을 시험하고 있는 모습을 보면 이상하게 부러운 눈길을 거두기가 힘들다. 이제는 지하철이나 쇼핑상가, 하굣길이나 학원가 어디서든 눈에 띄게 화장을 한 소녀들 무리를 심심찮게 볼 수 있다. 한 소녀가 한 소녀의 입술 위에 장밋빛 립스틱을 톡톡 두드리고는 손가락으로 문질러주고 있다. "재수 없게 왜 그렇게 봐요?" 무리 속의 한 아이가 불량스러운 포즈로 건들거리며 낮게 뇌까린다. 나는 그 낯선 소녀들에게서 오래된 우정을 느낀다. 소녀들이여, 소풍을 가자. 우리는 손을 잡고 이 세계의 뒷문으로 나가서 음악처럼 쓰윽 사라져버리자.

내게 파운데이션은 방패 같은 것이었다. 얼굴에는 언제나 한 겹의 피부가 더 필요했다. 학창 시절에 나는 술, 담배, 본드 같은 것엔 곁눈질도 해본 적이 없었지만, 안방 화장대 앞에 서면 화장이 하고 싶어서 치료소에 격리된 알코올중독자처럼 거의 고통스러울 지경이었다. 화장을 금지하거나 권장하는 일종의 제도적인 연령이나 성별의 구분은 완전히 폐기되어야 한다고 나는 웅변하고 싶다. 성격상 피켓을 드는 일은 어렵겠지만, 만약 그런 캠페인이 벌어진다면 나는 그림자의 마음으로 거리로 나온 동지들과 함께 할 것이다. 우리에게 화장을 할 자유를 달라. 화장을 하지 않고 회사에 출근할 자유와 화장을 하고 학교에 등교할 자유를 나란히 나란히 인정하라.

5

이윤기 선생의 소설 『나비넥타이』에서 '적면공포증'(赤面恐怖症)이라는 용어를 처음 보았을 때, 일종의 발견의 흥분 같은 걸 느꼈던 것 같다. 그것이 나의 증상을 설명해줄 수 있는 각별한 단어처럼 여겨졌던 것이다. 붉은 얼굴에 대한 공포증. 지금 내 얼굴이 붉어지고 있음에 대한 자각이 얼굴을 붉어지게 만드는 상황이나 심리보다 더욱 문제적이라는 것. 그러므로 붉은 얼굴이 더 붉은 얼굴을 낳고, 더, 더 붉은 얼굴을 낳는 것이다. 붉은 얼굴은 피부가 없는 얼굴이다. 그것은 얼굴이 아니라 소용돌이다. 인식의 구조물이 아니라 미분화된 감각의 덩어리다. 이 세계와 대면하기 위한 일정한 표정과 자세를 미처 갖추지 못하고 어떤 혼돈 한가운데 휩싸인 채 어쩔 줄 모르고 있는 것이다.

그랬기 때문에 오르한 파묵의 다음과 같은 문장은 지옥에서 올라오는 목소리처럼 나를 두렵게 했다. "나는 어디에나 있었고 지금도 어디에나 있다. (⋯) 붓이 나를 퍼지게 할 때는 온몸이 근질거리듯 즐거웠다. 이렇게 내가 칠해지는 것은 마치 이 세상을 향해 "되라!"라고 하자마자 세상이 온통 나의 핏빛 색으로 물드는 것과 같은 일이다. 나를 보지 않은 사람은 나를 부인하겠지만 나는 어디에나 있다."(『내 이름은 빨강』)

나는 얼굴이 잘 빨개지는 아이였고, 그 아이의 은밀한

꿈은 '안 보이는 사람'이 되는 것이었다. '투명 망토'나 '손 가락에 끼면 존재를 투명하게 만들어주는 반지' 이야기들을 나는 좋아했다. '안 보이는 사람'이 되면 진정 자유로운 영혼이 될 수 있을 것 같았기 때문에 낮의 공상 속에서도 밤의 꿈속에서도 그런 환상적인 이야기들을 지어내면서 어떤 시간을 흘려보내곤 했다. "만약 내가 단 하루만이라도 투명인간이 될 수 있다면, 무조건 달리고 또 달릴 거야. 다만 멀어지기 위해. 내가 사라지는 곳으로부터 더 멀리에서 나타나고 싶었다. 길을 잃어버리고 싶었다."(『사춘기』 뒤 표지)

6

"미안했다." 담임선생님이 내게 느닷없이 사과를 해왔다. 초등학교 마지막 겨울방학을 얼마 남겨놓지 않았던 어느 날 오후였다. 그날 나는 당번이었고, 당번의 임무는 쉬는 시간마다 칠판을 닦고 분필가루가 떨어지지 않을 때까지 칠판지우개를 탈탈 털어놓는 것, 그리고 수업이 끝나면 청소 분단과 함께 교실 청소를 마친 후 마지막으로 교실을 둘러보고 담임선생님에게 검사를 받는 것으로 종료된다. 마녀의 젖꼭지처럼 매섭게 추웠던 12월이었으니까, 차가운 수돗물로 주전자와 컵을 씻어서 교실로 들어온 내 손은 얼음 밑의 금붕어처럼 빨갰고 얼얼했을 것이다. 그런 내 손을 잡고서 초로의 남자 어른이 갑작스럽게 사과를 하고 있다. 무슨 의미일까?

나는 뜻밖에 2학기 부반장으로 선출되었다. 투표를 한 아이들이 내게 짓궂은 장난을 쳤던 것이다. 아이들로서는 고집스럽도록 조용한 전학생에 대한 단순한 호기심이었을지 모르지만, 나만 당황한 것은 아니었다. 어쩌면 이 일을 가장 당혹스럽게 받아들인 사람은 담임이었을지도 모르겠다. 가을이 깊어갔으나 그는 반장과 함께 나란히 나를 불러서 심부름 따위를 시키거나 임원회의 같은 데 소집한 적이 단 한 번도 없었다. 물 흐르듯 자연스럽게 부반장 역할을 한 아이는 따로 있었다. 자존감이 높고 부유하고 사랑스러운 아이였다. 처음에 나는 이 사실을 다행스럽게 여기다가 점차 당연하게 받아들였고, 나중에 우리 모두는 선거를 농담처럼 생각했고 그 모든 것을 잊어버렸다. 그가 나를 투명인간처럼 대했다면, 당시의 나로서는 오히려 감사해야 할 일이었다.

그러므로 그날 선생님은 내게 사과 따위를 하지 말았어야 한다. 선생님은 내가 투명인간이 아니었다는 것을 그느닷없는 사과를 통해서 드러내고 만 것이다. 나는 그에게 안 보이는 존재가 아니라 불편하게 자꾸 거슬리는 존재였던 것이다. 그 사실을 선생님은 의도치 않게 내게 노출했다. 그날의 하굣길이었을 것이다. 가난의 냄새가 새어나오는 집이, 30도쯤의 각도로 대문이 열려 있는 우리 집이 내 눈에 보이기 시작했을 때, 느닷없이 두 눈에 눈물이 차올랐다. 나는 가만히 서서 눈물을 흘렸다.

왜 울었을까? 그날 밤에야 나는 나에게 물을 수 있었다. 나는 나의 슬픔을 잘 이해할 수 없었기 때문에 이 물음은 내게 오랫동안 남아 있었다.

7

오래 뒤적거린 기억에는 익명의 소설 같은 구석이 있기 마련이다. 겪은 이야기와 지어낸 이야기가 섞여 있는데 그 무엇으로도 이 두 층위를 물과 기름처럼 갈라놓을 수 없다. 그래서 기억이라는 명분으로 자신을 증명하는 것은 위험하다. 차라리 이 모든 이야기를 오랫동안 내가 꾼 꿈이라고 말하는 편이 나을 것이다.

이를테면 카프카 식으로 말할 수도 있다. 전학 서류를 들고 교실을 찾아 복도를 한없이 헤매는 이야기, 혹은 서류에 착오가 생겨서 이런저런 이유로 지연되거나 계속해서 거부당하는 이야기 같은 것을 하염없이 쓰다 보면 나는 그날처럼 갑자기 울음을 터뜨리게 될 것 같다. 1912년 12월, 카프카는 프라하에서 첫 번째 낭독회를 가졌는데, 누이동생 오틀라가 그 자리에서 오빠의 낭독을 들었다고 한다. 그녀는 오빠의 목소리로 「판결—펠리체 B양을 위한 이야기」 낭독을 듣고서, "이건 우리 집 이야기잖아. 그럼 아버지는 화장실에서 사셔야겠네"라고 중얼거렸다. 토마스 만은 카프카의 미완성 장편소설『성』을 두고 "전적으로 자전적인 소설"이라고 했다. 조너선 프랜즌은『변신』을 쓴 카프카보다 더 자전적인 소설을 쓴 사람은 없노라고 말했다.

그러므로 우리는 어느 날 벌레가 되어 깨어나는 아침을 맞았다는 것을 고백하지 않을 수 없다. 그날 우리는 학교에 가지 않아도 되어서 잠시 꿈꾸듯 행복했었다.

그때-거기라는 지금-여기,
아니 지금-여기라는 그때-거기

양효실

(평론가, 『불구의 삶, 사랑의 말』 저자)

유튜브에 올라온 동영상 중에는 아마 이보다 더 비난을 자처할 사람은 없을 것 같은 열한 살 여자아이들, 다빈과 민주로 이루어진 '광명 여초딩 힙합 듀오'의 랩이 있다. 어른도 입에 올리기 힘든 성적 욕망과 탈선의 쾌락을 가감 없이 전시하는 이 듀오의 랩은 여리고 순수한 (여)학생에 대한 어른들의 환상을 말끔하게 깨버린다. 누구나 이들의 배제·감금을 부르짖을 것 같은 두 여자아이의 (비)행의 수위는, 그런데 동영상의 배경으로 사용된 문장 때문에 현실성을 갖게 된다. 싸이월드 시절 유명했다는 글귀, 즉 "학생이라는 죄로 학교라는 교도소에서 교실이라는 감옥에 갇혀 출석부라는 죄수명단에 올라 교복이라는 죄수복을 입고 공부라는 벌을 받고 졸업이란 석방을 기다린다"는 글귀는 열한 살 아이들이 느끼는 갑갑한 현실에 대한 탁월한 은유 같고, 따라서 두 아이의 랩은 끔찍한 곳에서 지독하게 살아 있는 타자의 목소리 같다. 말하자면 알튀세르가 이야기한 '이데올로기적 국가 장치'로서의 학교를 근대적 형벌 제도로서의 감옥으로 전치시키고, 그럼에도 그 '안'에서 살아 펄떡거리는 '죄수'의 행위들, 욕망들, 발화들을 증언하는 저 노래는, 보고 듣고 즐기는 자들의 지지와 응원—댓글은 하나같이 '나쁜' 여자아이들을 나무라고 있다—도 없이, 혹은 그런 기대를 거부하면서 아무나 만들고 아무나 말하는 새로운 매체를 통해 게릴라의 암약처럼 분출된다. '페북'으로 소통하고 편의점에서 물건을 사고 엄마는 학교로 자주 불려오는, "술을 못 마셔서 스누피 커피우유"를 마신다는 다빈과 민주, 이 아이들의 자기표현은 어른들이 검열하고 지배하는 기성의 매체를 통해서는 드러나지 못했을 것이다. 아이의 행색으로 '인간'의 욕망을 주장하는 다빈과 민주의 형식인 랩과 그것을 우리로 하여금 알게 만드는 유튜브라는 형식, 그리고 포스트-휴먼 아이들.

랩은 구성상 시와 상당히 비슷하다. 운율이나 청각적 리듬을 선호한다는 점에서나 즉흥에 가깝다는 점에서 그렇다. 시는 랩이 그렇듯이 구술적 연행(oral performance)이기도 했다. 물론 지금 시는 랩보다 느리고 게으르고 비겁하다. 종이에 쓰인 뒤 책이 되어야 하고, 사서 읽어줄 사람들의 '노동'이 있어야 한다. 더욱이 시는 약하고 작고 모호한 언어에 가깝다. 그런 시가 여전히 혹은 이전보다 더 자주 쓰이고 더 자주 눈에 띄는 게 이상해 보이지만, 그만큼 느리고 게으르고 비겁한 사람들이 더 늘어났다는 소식으로도 들려서 꼭 나쁘게만 들리지는 않는다. 시는 읽는 자에게 이해되기를, 그/그녀가 알아봐주길 간구하겠지만 꼭 그런 일이 빨리, 또 쉽게 일어나는 것 같지는 않다. 그래서 시와 같은 "글쓰기는 누군가 알아주길 바라는 일이 아니라 알게 하는 일"(김승일, 「내가 쓰지 않는 것들」)이라는 문장이 마음에 든다. 시인은 약하지만 그렇다고 겸손한 것은 아니고, 느리고 게으르기에 제때 도착하지 않으며 분실되지만 그렇다고 없는 것은 아니기 때문이다. 그래서 읽는 자는 발품을 팔고 이 모르는 사람에 대해 수소문을 하면서 배워야 하고 먼저 이해한 것들이 자꾸 굴절되어 여러 번 교정되는 '덮어쓰기'처럼 읽어가야 한다. 시인은 이방인 행세를 하면서 모국어를 외국어처럼 구사하면서 독자의 시야에서 나타나고 사라진다. 대신에 읽는 자는 사랑에 빠진 자로서, 도망가는 시어의 뒤를 따른다. 느리고 게으르고 비겁한 시인의 '뒤'를 좇는 일의 지루함이나 쾌락.

이 책 『교실의 시』는 주로 시인들이 자신의 초·중·고등학교 시절을 소재로 쓴 시들, 그리고 십대 아이들에게 감정이입해서 쓴 몇몇 시들을 수집하고 각 시인들에게 자신이 쓴 시에 대한 해제문 격의 산문을 새로 부탁해서 나온 묶음집이다. 그래서 아홉 살 아이, 중학교 2학년이나 3학년의 아이, 고등학생인 아이들이 학교, 마을, 골목, 빈집 등을 돌아다니고 있다. 그리고 시 자체는 암시적이기에 알아채지 못했지만, 단원고를 방문하고 쓴 시가 두 편이 포함되어 있다는 것도 산문을 통해 알게 된다. 산문은 시를 보충하도록, 암시적인 시를 이해 가능하게 만들 임무가 있었을 것 같지만, 꼭 그렇지도 않다. 그래서 이 책의 시와 산문은 보충적이라기보다는 병렬적이다. 굳이 시를 이해하기 위해서가 아니라도 산문은 따로 읽을 만한 재미가 있다는 말이다.

아이는 어른보다 더 예민하다. 아이는 전체를 파악하는 대신에 부분에 '매몰'되고 언어라는 방어기제가 덜 발달했기에 폭력과 같은 외부의 자극에 속수무책으로 노출된다. 그래서 아이의 '삶'은 늘 위태롭고, 어른은 아이의 보호자 행세를 하면서 아이의 취약함을 자기 식으로 이해·정리한다. 어른은 아이의 미래에 아이보다 먼저 도착했다고 오인하기에 아이의 현재, 아이의 지금-여기를 오독하기만 한다. 아이의 슬픔과 상처는 그것이 자신의 삶의 자양분이나 디딤돌이 될 것이라는 '교훈'을 알지 못하기에 지독하고 1인칭일 뿐이고 반–사회적이다. 아이들은 혼자서 살아내고 생존해야 하는데, 그래서 이런 위태로운 생존의 순간'들'의 부단한 연속을 기억하는 예외적 어른들, 아직도 어른이 안 된 어른들은 그때-거기를 계속 지금-여기로 전치시키면서 현재의 미래인 과거에 출석한다. 과거의 현재화는 어른들이 독점한 미래를 부인하는 혹은 그런 미래가 불가능하다는 것을 증언하는 소수의 생존전략이다. 『교실의 시』는 그때를 지금으로 감각하는 시인들, 그때를 떠나지 못하는 시인들의 지금에 대한 이야기이다. 지나간 시간과 지금의 시간이 중첩되고 각자의 논리적 자리에 상호 간섭하는 시와 산문을 읽으면서 우리는 지나간 것은 단한 번도 지나가지 않았다는 것, 계속 돌아오는 과거를 잊지 않고 기억하고 살을 부여하는 일의 무의미한 가치를 생각하게 된다. 여러 시인들의 사적인 기억과 외상은 우리의 2014년의 집단적 외상과 병렬되고 그렇게 계속 그 자리를 맴도는 비겁하고 게으른 퇴행 속에서 우리는 상처는 잊히지 않고 애도는 불가능하고 외상은 반복된다는 것을 알게된다.

한때 아이였거나 계속 아이인 사람들은 어른들의 세계에서 수인으로, 약자로, 생존 가능성이 희박한 존재로 살아간다. 집으로 가야 하는데, 그러려면 학교를 갔다 와야하는데, 그러려면 이 책의 시인들처럼 혼자 연기하는 골목이나 죽어라 담배를 피울 옥상이나 돌로 쳐 죽일 두꺼비나 챙겨오지 않은 체육복이나 사투리를 쓰지 않고도 말하는 방법이 필요하다. 불완전한 자기 자신을 견디면서 지금-여기까지 왔다는 것은 기적이거나 악몽이다. 물론 지금-여기의 악몽은 그때의 악몽과 다르지 않기에, 대신에 그때의 악몽 속 자신을 바라보는 지금-여기의 자신의 무력함, 한낱 시인밖에 못 된 자신의 취약함과 맞닥뜨리지만, 시라는 겨우 덮을 만한 방법, 부끄러움이나 자의식이나 위장이나 거짓말 같은 말을 획득했기에 그나마 다행이다. 상처를 안 보이게 하고 부끄러움을 안 들키는 방법은 배워서는 안 되기 때문이다. 아이들 '뒤'는 어른이 아니라 아이들이, 시가, 가난한 말이, 나아가는 대신에 돌아가는 말이 따라간다.

"그 모든 미숙함과 흉함과 어리석음의 시간들"(황인찬, 「교실 미수」)을 기억하는 "시를 쓰게 되면서 나는 내 슬픔에 대해 충분히 응대하고 항의하고 끌어안으려고 하는 사람이 되었다"(서윤후, 「그래서 너는 무엇이 되었니」)고 말할 수 있을 것이다. "부모들은 자식들의 말에 의하면 천사거나 개새끼였다"(임솔아, 「매일 밤 운동장」)면, '지금-여기'에는 늘 부재하는 부모나 어른들 사이에서 "나는 무수한 척들을 거쳐 어른이 되었다"(오은, 「척 보면 척」)고 말할 수 있을 것이다.

황현산 선생님이 생전에 140자를 넘지 않아야 하는 새로운 매체에 적었던 문장들이 지금도 누군가의 트위터에 인용되고는 한다. 누구보다 변화에 적극적으로 반응하는 '어른'이셨던 선생은 자신은 사실 어른이 아니었다고 고백하기도 했다. "내가 살면서 제일 황당한 것은 어른이 되었다는 느낌을 가진 적이 없다는 것이다. 결혼하고 직업을 갖고 애를 낳아 키우면서도. 옛날 보았던 어른들처럼 내가 우람하지도 단단하지도 못하고 늘 허약할 뿐이었다. 그러다 갑자기 늙어버렸다. 준비만 하다가."(2015년 1월 28일자 트윗) "우람하고 단단한" 어른은 작고 약한 아이가 욕망한 미래였을 것이지만, 그런 미래는 오지 않는다. 우람하고 단단한 어른들도 사실은 허약한 사람에 불과하기 때문이다. 아이와 어른이란 개념이 서로를 비추는 근대적 개념으로서 동시에 만들어진 것이라면, 허약한 아이와 우람하고 단단한 어른이란 것도 관념일 것이다. 단, 자기 자신 외에도 다른 사람을 책임져야 하는 어른이라는 사회적 관념 속에서 아직 성장하지 못한 아이가 살고 있다는 우울하거나 덤덤하거나 냉혹한 깨달음 같은 것을 선생의 고백에서 엿볼 수는 있을 것 같다. 그럼 도대체 우리를 구하거나 보호하거나 책임지는 어른이 도착하지 않는 이 악몽 같은 현실에서, 아니 악몽으로서의 현실에서 시의 '역할'은 무엇일까? 역할이란 단어를 쓰는 게 문제일까? 시의 가치라니? 거기에 남아서 계속 사는 것의 가치라니!

추신.

그런데 열한 살의 다빈과 민주는 나중에 어른이 되면 무슨 이야기를 할까? 아케이드 파이어(Arcade Fire)의 앨범《더 서버브스》(The Suburbs) 마지막 트랙의 가사처럼 "그 시간, 우리가 낭비했던 모든 시간을 되돌릴 수 있다면, 나는 또 낭비만 할 거야"라고 덤덤하게 이야기할까?

양
효
실

김승일　　1987년 과천에서 태어났다. 시집『에듀케이션』등이 있다.

김행숙　　1970년 서울에서 태어났다. 시집『사춘기』『이별의 능력』
　　　　　『타인의 의미』『에코의 초상』『1914년』, 산문집『에로스와
　　　　　아우라』『사랑하기 좋은 책』『천사의 멜랑콜리』등이 있다.

김현　　　1980년 철원에서 태어났다. 시집『글로리홀』『입술을 열
　　　　　면』, 산문집『걱정 말고 다녀와』『아무튼, 스웨터』『질문 있
　　　　　습니다』『당신의 슬픔을 훔칠게요』등이 있다.

배수연　　1984년 제주에서 태어났다. 시집『조이와의 키스』등이
　　　　　있다.

서윤후　　1990년 정읍에서 태어났다. 시집『어느 누구의 모든 동생』
　　　　　『휴가저택』, 산문집『방과 후 지구』등이 있다.

서효인　　1981년 목포에서 태어났다. 시집『소년 파르티잔 행동 지
　　　　　침』『백 년 동안의 세계대전』『여수』, 산문집『이게 다 야구
　　　　　때문이다』『잘 왔어 우리 딸』등이 있다.

신철규　　1980년 거창에서 태어났다. 시집『지구만큼 슬펐다고 한
　　　　　다』등이 있다.

신해욱   1974년 춘천에서 태어났다. 시집『간결한 배치』『생물성』
         『syzygy』, 산문집『비성년열전』『일인용 책』등이 있다.

오은   1982년 정읍에서 태어났다. 시집『호텔 타셀의 돼지들』
         『우리는 분위기를 사랑해』『유에서 유』『왼손은 마음이 아
         파』『나는 이름이 있었다』, 산문집『너랑 나랑 노랑』등이
         있다.

유진목   1981년 서울에서 태어났다. 시집『연애의 책』『식물원』, 산
         문집『디스옥타비아』등이 있다.

임솔아   1987년 대전에서 태어났다. 시집『괴괴한 날씨와 착한 사
         람들』, 장편소설『최선의 삶』등이 있다.

황인찬   1988년 안양에서 태어났다. 시집『구관조 씻기기』『희지의
         세계』등이 있다.